I0775391

Kampf um Eileen

FARRADAY COUNTRY • BOOK ELEVEN

CHRIS KENISTON

Indie House Publishing

KAPITEL EINS

„Von all den Kneipen dieser Welt." Eileen Callahan, die in der halben Stadt als Tante Eileen bekannt war, schluckte schwer und blinzelte. Als Glenn Baker nach zwei weiteren Schritten vor ihrem Tisch stand, kniff sie die Augen fest zusammen und hielt sich an der Tischkante fest. Doch als sie langsam die Augen öffnete, stand die Halluzination immer noch vor ihr und lächelte sie zittrig an.

„Hallo", krächzte er.

„Hallo Mr. Baker", Meg Farraday, Eileens angeheiratete Nichte stand auf. „Was für eine angenehme Überraschung. Ich bin froh, dass Sie sich entschieden haben, Ihr Zimmer zu verlassen."

Sein Blick blieb auf Eileen gerichtet. „Ich kam zu dem Schluss, dass ich doch Hunger hatte. Es war niemand im Café." Er richtete seine Aufmerksamkeit auf Meg. „Ich bin der Musik hierher gefolgt."

„Dann haben Sie Glück, denn im O'Fearadaigh's gibt es das beste Corned Beef diesseits des Blarney Stone."

„Das klingt verlockend." Sein Blick wanderte erneut zu Eileen. „Schön dich zu sehen, Leeni."

Wenn Eileen auch nur einen Moment lang gedacht hatte, dass ihr Verstand ihr einen Streich spielte, beseitigte die Verwendung des Spitznamens, den nur Glenn benutzte, alle Zweifel – dieser Mann war keine

Halluzination. „Glenn." Es kam nichts anderes heraus. Ihre Sinne und zu viele Fragen kämpften um die ersten Worte. Jeder Dummkopf konnte sehen, dass der Mann immer noch gut aussah. Ein wenig grau an den Schläfen, etwas mehr Fleisch auf den Knochen, aber immer noch groß, immer noch fit und immer noch zu gutaussehend.

Glenns Aufmerksamkeit wanderte kurz von Eileen zu Meg, die mit verwirrt hochgezogenen Brauen neben ihm stand, und dann zurück zu Eileen. Er ließ seine Hände auf der Stuhllehne ruhen und blickte ihr in die Augen. „Würde es dir etwas ausmachen, wenn ich mich zu dir setze?"

Mit immer noch trockenem Mund zeigte Eileen auf den Stuhl, auf dem er lehnte.

Megs Blick wanderte zwischen dem Gast in ihrem Bed-and-Breakfast und der Tante ihres Mannes hin und her. Schlau wie sie war, entschied sich Meg dafür, weiter zu beobachten, anstatt neugierige Fragen zu stellen.

Glenn ließ sich auf dem Stuhl nieder, beugte sich vor und übertönte die Musik: „Möchten die Ladies noch einen Drink?"

Eileen schüttelte den Kopf und Meg murmelte: „Nein, danke."

Er drehte sich auf seinem Platz um, winkte die Kellnerin herbei, bestellte ein dunkles Bier und wandte sich wieder den beiden Frauen zu.

Eileen zwang sich zu einem höflichen Lächeln und stellte die eine Frage, die sich schließlich in den Vordergrund gedrängt hatte und darum bettelte, gestellt zu werden. „Was machst du hier?"

Der Mann, den sie vor so langer Zeit so gut gekannt hatte, richtete auf sie. „Ich habe dir geschrieben, dass ich geschäftlich in Midland zu tun habe und hoffe, Zeit zu finden, um vorbeizuschauen."

Dieser Brief lag immer noch in der Schublade ihrer Kommode.

„Du hast den Brief nicht gelesen?" Sein eindringlicher Blick verriet ihr, dass Glenn auch nach all den Jahren vermutlich immer noch in der Lage war, ihre Gedanken zu lesen, oder er vielleicht einfach besser im Raten geworden war.

„Warum sollte ich?" Sie hob ihr Kinn und blickte ihm in die Augen. „Ich habe in meinem Leben zwei Briefe von dir bekommen. Der erste vor über fünfundzwanzig Jahren kam nicht so gut an. Ich dachte mir, warum mit dem Feuer spielen."

Megs Augen wurden groß und rund, und Eileen konnte fast sehen, wie sie sich bemühte, die Zusammenhänge zu ergründen.

Trotz der Musik, die hinter ihnen spielte, senkte Glenn seine Stimme. „Ich hätte die Dinge anders regeln sollen. Besser."

Natürlich hätte er das tun sollen. Nachdem sie die Hochzeit zum zweiten Mal verschoben hatte, hatte er die Nerven gehabt, am Telefon einfach aufzulegen. Sie war verletzt und wütend gewesen. Was hatte er von ihr erwartet? Ihre Schwester war weg und Eileen war die einzige Mutter, die ihre kleine Nichte kannte. In jenen frühen Tagen war Sean so von Trauer überwältigt gewesen, dass er es kaum geschafft hatte, für die Jungs einen Fuß vor den anderen zu setzen. Die Einzige, die sich so um Grace kümmern konnte, wie Helen es gewollt hätte, war sie. Und dem Himmel sei Dank dafür. Grace war Eileens Verbindung zu ihrer Schwester gewesen, das Mittel gegen den herzzerreißenden Kummer. „Ich hatte alle Hände voll zu tun."

„Ich hatte es nicht verstanden." Glenn stieß einen tiefen Seufzer aus. „Zumindest damals nicht."

Meg winkte die Kellnerin herbei. „Ich habe meine Meinung geändert. Ich glaube, ich brauche vielleicht doch noch einen Drink. Tante Eileen?"

Sie schüttelte den Kopf.

„Ich habe zwei Töchter. Mittlerweile erwachsen." Glenn spielte mit dem Etikett seiner Bierflasche. „Als Baby hatte Charlotte Koliken. Ich ging mitten in der Nacht mit ihr auf und ab und versuchte, Sally eine Pause zu gönnen, aber nur ihre Mutter konnte ihre Beschwerden lindern."

Eileen schluckte schwer. Für Grace war die schwierigste Zeit das Zahnen gewesen. Eileen war viele Nächte auf den Beinen gewesen.

„Auf und ab gehen, mir Sorgen machen, versuchen, Charlotte ein besseres Gefühl zu geben, nun ja, dabei musste ich manchmal an Grace denken. Und wie du dich gefühlt haben musst." Er hielt inne, rutschte auf seinem Sitz hin und her und blickte ihr wieder in die Augen. „Es tut mir leid. Ich habe es einfach nicht verstanden. Wusste es nicht besser."

Eine Fülle von Retourkutschen tanzte auf ihrer Zunge: *ein wenig zu spät, davon kann ich mir auch nichts kaufen, das ist keinen Pfifferling wert.* Eileen schluckte die Worte hinunter und entschied sich für die goldene Regel: *Wenn man nichts Nettes sagen kann, sagt man besser überhaupt nichts.* „Und wie geht es Sally?"

Sein Finger stoppte. „Wir haben sie vor fast drei Jahren verloren."

„Das tut mir leid." Sie sank gegen die Stuhllehne. „Wirklich leid."

„Ich denke", Megs Blick folgte der Kellnerin, die zwei Tische weiter mit einem Tablett mit Getränken jonglierte, „ich werde meinen Drink von Jamie an der Bar holen." Ihr fragender Blick bohrte sich in Eileen.

Natürlich würde sie nicht gehen, ohne dass Eileen zustimmte. Sie zwang sich zu einem strahlenderen Lächeln und tätschelte die Hand ihrer Nichte. „Ich habe auch meine Meinung geändert. Sag Jamie, er soll etwas für mich aussuchen."

„Wenn ihr mich entschuldigen würdet." Meg nickte und stieß sich vom Tisch weg.

Der Ort war überfüllt. Nicht nur, dass die Einheimischen Ellenbogen an Ellenbogen standen, es gab auch viele neue Gesichter, die Eileen nicht kannte. Genau wie Jamie es vorhergesagt hatte, was ein wenig an den Film *Feld der Träume* erinnerte: Wenn er einen Hauch Irland nach Texas bringen würde, würden Leute aus dem ganzen County kommen. Wer hätte gedacht, dass Glenn Baker einer von ihnen sein würde.

Atme, sagte sich Glenn zum x-ten Mal, seit er sich entschieden hatte, sein Zimmer im Bed-and-Breakfast zu verlassen, um nach Eileen Callahan zu suchen.

Er hatte die letzten paar Tage in seinem Zimmer verbracht und geglaubt, er hätte sich auf das Wiedersehen vorbereitet, bis er sie unter den gedämpften Lichtern des Pubs sitzen sah. Wie konnte der Anblick von Eileen Callahan ihn nach all den Jahren immer noch wie ein Faustschlag in den Solarplexus treffen? Sie hatte sich kein bisschen verändert. Er erkannte auch, dass der Grund dafür, dass sie ihm nicht geantwortet hatte, schlicht und einfach war: Sie hatte sich nicht die Mühe gemacht, den Brief zu lesen. Und doch, trotz des anfänglich frostigen Empfangs, saß sie hier und lächelte ihn an.

Ihr Blick wanderte zur Band und dann zurück zu ihm.

„Vermisst du es?", fragte er.

„Nein." Dann lehnte sie sich zurück und lächelte. „Vielleicht manchmal. Was ist mit dir? Spielst du immer noch?"

Er schüttelte den Kopf. „Nach der Geburt unserer zweiten Tochter machte ich eine Pause vom Touren, aber wir spielten weiterhin lokale Auftritte und Studiosessions. Da die Mädchen nur zwei Jahre auseinander waren, brauchten sie keinen Vater, der wochen- oder monatelang unterwegs war. Als Sally dann krank wurde, war es Zeit aufzuhören. Sie brauchte mich mehr."

Das Leuchten in Eileens Augen wurde schwächer und er wusste genau, was sie dachte. Genau dieses Konzept hatte sie ihm zu erklären versucht, als Grace geboren wurde. Sie brauchten sie zu Hause, nicht unterwegs. Er hatte sich wie ein Arsch benommen und keine noch so große Entschuldigung könnte das wieder gutmachen. Doch vielleicht hatte ihm das Schicksal endlich die Chance gegeben, es zumindest zu versuchen.

„Da wären wir." Die Besitzerin des Bed-and-Breakfast erschien wieder und stellte zwei Gläser Wein auf den Tisch, bevor sie sich wieder setzte.

Eileen prostete ihrer Nichte zu und wartete darauf, dass er es ihr gleichtat. „Slainte."

Die Band wählte diesen Moment, um von irischer zu amerikanischer Musik überzugehen, beginnend mit Neil Diamonds *Sweet Caroline*. Da die Menge den Refrain aus vollem Halse sang, war eine Unterhaltung ohne Schreien plötzlich nahezu unmöglich. Man könnte ihn feige nennen, aber er wollte nicht, dass das ganze Lokal hörte, was er zu sagen hatte. „Würdest du morgen einen Kaffee mit mir trinken?"

Sie beugte sich ein wenig näher und legte ihre Hand hinter ihr Ohr. „Sag das nochmal?"

„Kaffee", sagte er energischer, „morgen. Begleitest du mich?"

Als ihre Augen plötzlich aufsprangen, war er sich

ziemlich sicher, dass sie ihn gehört hatte. Ihr Blick schoss hinüber zu dem Barkeeper, der zusammen mit einem anderen Mann dasaß und sie anstarrte, und dann zurück zu ihm. Er konnte sehen, wie sich ihre Brust bei einem tiefen Atemzug hob und wieder senkte, als sie ausatmete und nickte.

„Neun Uhr?"

„Sagen wir zehn. Ich habe morgens viel zu tun und die Ranch ist fast eine Stunde entfernt. Das Café ist zu dieser Zeit der einzige Ort in der Stadt."

Als er aufstand, konnte er sich das Grinsen nicht verkneifen, das sich auf seinem Gesicht ausbreitete, bevor er nickte und wiederholte: „Zehn Uhr." Er drehte sich zu Meg um und lächelte sie ebenfalls an. „Wir sehen uns morgen früh."

„Was ist mit Ihrem Abendessen?", fragte Meg.

Da er sich vorkam, als wäre er drei Meter groß, und da gerade die Last zu vieler Jahre von seinen Schultern fiel, hatte er nicht die geringste Lust zu essen. „Ich schätze, ich hatte doch keinen großen Hunger."

Nach einer weiteren Runde von Gute-Nacht-Wüschen, verließ er das Pub und machte sich auf den Weg die Straße hinauf zum Bed-and-Breakfast. So viele Möglichkeiten, was passieren würde, wenn er Eileen Callahan gegenüberstand, waren ihm durch den Kopf gegangen. So wie sie ihn angesehen hatte, als er sich neben sie gesetzt hatte, hatte er damit gerechnet, dass er ihren Drink ins Gesicht bekommen würde. Als Glenn die Verandastufen hinaufhüpfte, musste er eines zugeben: Der morgige Tag könnte sich als ein verdammt großer Tag herausstellen.

Sean Farraday holte einen Stapel Vorratsbehälter mit

übriggebliebenem Essen aus dem Kühlschrank, knallte sie auf die Arbeitsfläche und stellte sie dann einen nach dem anderen zurück. Er drehte sich um, stampfte zum zweiten Kühlschrank und riss auf der Suche nach einem Bier fast die Tür aus den Angeln. Vielleicht wäre Bourbon eine bessere Idee.

Er stürmte durch die Küche zurück, bog um die Ecke zum Wohnzimmer und prallte fast mit seinem jüngsten Sohn zusammen.

„Hast du etwas verloren?"

„Nein." Er wirbelte herum. „Ich hole mir einen Mitternachtssnack."

„Aus der Bar?" Finn war schon immer ein Mann weniger Worte gewesen und ging quer durch den Raum. Er nahm sich zwei Gläser, einen Liter Milch und einen Teller mit den Schokoladenkeksen seiner Tante, stellte sie auf den riesigen Küchentisch und setzte sich.

Sean stand auf der Türschwelle, während Finn die zwei Gläser füllte. Der Junge war immer die Stimme der Vernunft in der Familie gewesen, ungeachtet des Trubels. Sean wusste nicht, ob er mit dieser Fähigkeit geboren worden war oder ob er sie gelernt hatte, weil er seine Mutter so jung verloren hatte. Was auch immer der Grund war, im Moment hatte Sean keine Lust, sich zu Milch und Keksen hinzusetzen. Er war keine sechs Jahre alt, und verdammt, wenn das nicht Teil seines Problems war.

Finn schob ein volles Glas über den Tisch und tauchte einen Keks in sein eigenes. „Du machst hier unten genug Lärm, um die Toten aufzuwecken."

„Ich war hungrig." Er war es immer noch nicht gewohnt, Finn und Joanna im Erdgeschoss zu haben. Erst kürzlich hatten sie die Gästezimmer neben der Küche in einen privaten Flügel umgewandelt, in dem sie wohnen wollten, bis sie dazu kamen, auf dem

Grundstück ihr eigenes Haus zu bauen.

Finn schob das Glas Milch noch ein paar Zentimeter in Seans Richtung und nahm dann einen weiteren Bissen von seinem Keks.

Ohne sich zu setzen, nahm Sean einen großen Schluck von dem kühlen Glas Milch. Auch wenn er lieber Bourbon hätte.

Finn schluckte den letzten Bissen seines Kekses hinunter und griff nach einem weiteren. „Willst du mir sagen, wieso du so aufgebracht bist?"

„Ich sagte dir. Ich bin hungrig."

Finn nickte. „Das hat also nichts mit dem Mann zu tun, mit dem Tante Eileen heute Abend im Pub war?"

„Er war nicht mit ihr dort." Als Meg ihm den Namen des Mannes genannt hatte, der neben Eileen gesessen war, hatte Sean rotgesehen.

„Oder hate es euch alle aus der Fassung gebracht, dass sie erwähnt hat, dass sie sich morgen wieder mit ihm treffen wird?"

Er wirbelte herum und deutete mit dem Finger auf seinen jüngsten Sohn. „Hast du überhaupt eine Ahnung, wer dieser Mann ist?" Sogar mit eigenen Ohren konnte er die tiefe Verzweiflung in seinen Worten hören.

„Habe ich nicht."

„Dieser", Sean biss sich auf die Backenzähne, „Mann ist Glenn Baker."

Finn nickte. „Das haben wir alle gehört. Seinen Namen und dass er für einen kurzen Besuch hier ist."

„Großartig", murmelte er. „Einfach toll."

„Tut mir leid, Dad, ich kann dir nicht folgen. Willst du vielleicht noch einmal von vorne anfangen?"

Es war nicht seine Aufgabe, irgendwo anzufangen. Eileen hatte Anspruch auf ihre Privatsphäre. Er trank den Rest der Milch aus und knallte das Glas fest auf den Tisch, bevor ihm einfiel, dass Joanna wahrscheinlich versuchte zu schlafen. „Nein.“

Mit den Unterarmen auf dem Tisch beugte sich Finn kopfschüttelnd vor. „Wenn dieser Mann Tante Eileen Ärger machen will, solltest du uns einweihen. Die Farradays kümmern sich einander.“

Allerdings war Eileen keine Farraday, sondern eine Callahan, und wenn Helen nicht so jung gestorben wäre und er nicht so hilfsbedürftig gewesen wäre, wäre Eileen jetzt eine Baker. Nein. Brodelnd ging er zur Bar, um sich den Bourbon zu holen. Dieser Arsch hätte auf sie warten sollen. Wenn Glenn Eileen wirklich so geliebt hätte, wie sie es verdiente, hätte er auf sie gewartet, egal wie lange es gedauerte. So viele Jahre später wieder aufzutauchen war nicht … fair. Für niemanden.

„Dad“, Finn packte ihn am Arm, „du machst mir Angst. Wer zum Teufel ist dieser Typ?“

„Er ist der Mann, der deiner Tante das Herz gebrochen hat.“

KAPITEL ZWEI

Drei Uhr morgens war für Eileen keine Zeit, sich aus dem Bett zu quälen. Nicht einmal ein Rancher stand so früh auf. Aber es hatte keinen Sinn, mit ihrem Kissen zu kämpfen oder eine neue Schafherde zu zählen. Der gestrige Abend war ihr nicht aus dem Kopf gegangen und hat sie dazu gebracht, sich hin und her zu wälzen. Nicht nur der unerwartete Besuch des verdammten Geists der vergangenen Weihnacht, sondern auch die Aussicht, ihn heute wiederzusehen, und alles, was dazwischen lag.

Angesichts der Aufregung über den Erfolg der Eröffnung und Jamisons Heiratsantrag an Abby war Glenns Name während der Autofahrt nach Hause kaum erwähnt worden. Das hatte ihr gut getan, da sie sowieso nicht wusste, was sie hätte sagen sollen.

Zu Hause, erschöpft und ein wenig überwältigt, hatte sie die Fragen in Seans Augen gesehen, aber war einfach nicht in der Lage gewesen, Antworten zu finden. Stattdessen hatte sie auf ihr und Seans abendliches Kräuterteeritual vor dem Schlafengehen verzichtet und war direkt in ihr Zimmer gegangen.

Später hatte sie ihn immer noch in der Küche rascheln hören und war versucht gewesen, die Treppe hinunterzugehen. Aber als Finns Stimme in den Flur im Obergeschoss gedrungen war, hatte sie die Tür geschlossen und war zurück ins Bett gekrochen. Auch wenn das nichts gebracht hatte.

Noch fast mitten in der Nacht war sie bereits geduscht und angezogen, hatte ein herzhaftes Mittagessen für ihre Männer eingepackt und ein paar Rühreier und Frühstücks-Burritos für später zubereitet, da sie nicht zu Hause sein würde, wenn ihre Jungs vom Viehtransport nach Hause kamen.

Als sie in Seans Truck saß, drehte sie den Schlüssel und erweckte den Motor zum Leben. Das brüllende Geräusch zauberte ein Lächeln auf ihr Gesicht. Damals, als sie noch überhaupt keine Ahnung vom Leben auf einer Ranch hatte, war das Einzige, was sie für Sean tun konnte, in der kalten Morgenluft seinen Truck für ihn aufzuwärmen. Der Ausdruck von Wertschätzung und Dankbarkeit auf seinem Gesicht hatte sie das viele weitere kühle Morgen tun lassen. Auch wenn die Nachtluft noch nicht unter den Gefrierpunkt gefallen war, war sie heute hinausgegangen. Doch ob es ihr gefiel oder nicht, es war an der Zeit, hineinzugehen und sich der Realität zu stellen.

Zurück im Haus befüllte sie die Thermoskanne mit starkem Kaffee und kam zu dem Schluss, dass Glenn ein guter Grund war, zu dieser gottlosen Stunde den Ladies Club einzuberufen.

„Morgen." Sean blieb neben ihr stehen und griff nach der Kaffeekanne.

Eileen schob die leere Tasse näher an ihn heran. „Morgen."

Den Blick auf seine Tasse gerichtet, gab er etwas Sahne hinzu. „Werden wir jetzt über ihn reden?"

Obwohl sie erleichtert war, dass sie jemanden hatte, dem sie ihre Gedanken und Verwirrung anvertrauen konnte, fielen ihr einfach keine passenden Worte ein. Sie hatte wirklich keine Ahnung, was sie dem Mann sagen sollte, dem sie bei der Erziehung von sieben Kindern geholfen hatte. Es war ein Klacks, über Streitereien auf dem Schulhof, Geschwisterrivalität und höhere Bildung zu diskutieren. Ihm zu erzählen, wie ihr Herz beinahe zum Stillstand gekommen war, als ihre Vergangenheit wieder in ihre Gegenwart trat – wie sollte sie das anstellen? Sie hatte vor all den Jahren kaum ein Wort über ihre Beziehung mit Glenn verloren, und jetzt wusste sie nur, dass die Tochter des Mannes als Baby Koliken gehabt hatte und seine Frau gestorben war. Sie wusste nicht einmal, warum Glenn einen Umweg nach Tuckers Bluff gemacht hatte. „Ich habe noch etwas zu erledigen, bevor ich mich mit Glenn auf einen Kaffee treffe, und ich muss … muss jetzt gehen.“

Er hob seine Tasse und drehte sich zu ihr um. Seine normalerweise marmorblauen Augen hatten den stählernen Farbton eines Mannes angenommen, dem zu viel im Kopf herumschwirrte. Sein Blick wanderte aus dem Fenster in die Dunkelheit. Keine Spur von Morgendämmerung. Die Tür zu Finns und Joannas Einliegerwohnung öffnete sich Zentimeter für Zentimeter, und Sean schenkte seinem Sohn ebenfalls eine Tasse ein. Dann drehte er sich zu ihr um. „Pass auf dich auf.“

Mit einem Nicken und einem tiefen Atemzug schnappte sie sich ihre Handtasche und ihre Schlüssel, umklammerte ihr Handy und huschte wie ein verängstigtes Kaninchen die Tür hinaus.

Trotz der frühen Stunde nahm ihre beste Freundin beim ersten Klingeln ab und erklärte sich bereit, Kaffee aufzusetzen und die anderen Ladies anzurufen.

„In Ordnung. Du hast uns in aller Herrgotts Früh hier antanzen lassen. Jetzt spuck es aus.“ Von ihrem Platz am großen Tisch in Dorothys Küche aus warf Sally Mae Eileen einen durchdringenden Blick zu.

„Gib der Frau die Möglichkeit, etwas Koffein aufzunehmen.“ Dorothy kam mit einer frischen Kaffeekanne in der Hand herüber.

Eileen hielt eine leere Tasse hoch und fragte sich, was zum Teufel sie dazu bewogen hatte, ein Treffen des Ladies Clubs einzuberufen. Oh ja, weil ihre Vergangenheit gerade von den Toten auferstanden war und in – sie schaute auf die Uhr an der Wand – drei Stunden eine Tasse Kaffee mit ihr trinken wollte.

Dorothy füllte Eileens Tasse und machte sich dann daran, Sally Mae eine Tasse einzuschenken.

Eine Autotür wurde zugeschlagen, und ein paar Sekunden später kam Ruth Ann schnaufend durch die Tür und eilte in die Küche. „Ich bin so schnell hierhergekommen, wie ich konnte. Wer stirbt?"

„Niemand", wiederholten drei Stimmen.

Ruth Ann warf ihre übergroße Handtasche auf den nächsten Stuhl. Mit leicht geöffnetem Mund blickte sie von einer Freundin zur anderen. „Nun, ich weiß, dass keiner von euch schwanger ist."

Zu jeder anderen Zeit hätte Eileen gelacht.

„Setz dich." Dorothy zeigte auf den Stuhl vor ihr und füllte die Kaffeetasse, die davor auf dem Tisch stand, bevor sie sich selbst etwas von dem heißen Gebräu einschenkte und sich neben Eileen setzte.

Als Eileen die drei Augenpaare auf sich hatte, wünschte sie sich fast, sie wäre einfach im Bett geblieben.

Nach ein paar langen Momenten der Stille stellte Sally Mae ihre Tasse auf den Tisch. „Was braucht es, um deine Zunge zu lockern und uns zu sagen, was nicht bis später beim Kartenspiel warten konnte?"

„Wo soll ich da anfangen?" Es war eine rhetorische Frage.

„Sollen wir anfangen, Karten zu spielen, oder ist es so schlimm, dass wir auf hartes Zeug umsteigen müssen?"

„Das hat etwas mit dem Mann zu tun, der in Megs Bed-and-Breakfast wohnt, nicht wahr?", fragte Ruth Ann.

Eileen zog eine Augenbraue hoch. Sie sollte nicht überrascht sein. Die halbe Stadt hatte sie mit Meg und einem Fremden etwas trinken gesehen. Obwohl er gegangen war, kurz nachdem sie vereinbart hatten, sich heute Morgen zum Kaffee im Café zu treffen – eine weitere dumme Entscheidung, da die ganze Stadt sie dort beobachten konnte –, hatten all ihre Neffen und eine Handvoll Freunde es bemerkt. Auch wenn bis jetzt niemand den Mut gehabt hatte, sie auf ihn anzusprechen.

Jetzt, wo sie hier im Haus ihrer liebsten Freundin war, umgeben von den besten Freundinnen, die eine Frau sich nur wünschen konnte, hatte sie keine Ahnung, warum sie sich wie ein melodramatischer Teenager benahm. Was war schon dabei, wenn Glenn zu Besuch war? Reden wollte? Vielleicht wieder mit ihr befreundet sein wollte? Oder vielleicht mehr? *Mehr.* Das war der Grund gewesen, wegen dem sie sich auf der Suche nach Schlaf wie die Prinzessin auf der lächerlichen Erbse auf ihrer Matratze hin und her gewälzt hatte.

„Es reicht." Sally Mae stand auf. „Wo sind die Karten? Ich werde geben."

Vielleicht hatte die Frau recht. Ihre Hände zu beschäftigen, würde die Sache einfacher machen. Die Dinge ins rechte Licht bringen.

Fünf Minuten später saßen drei von ihnen mit Spielkarten in den Händen am Tisch. Dorothy stand und hielt eine Flasche Baileys hoch. „Möchte irgendeine ihren Kaffee Irish?"

Die drei Frauen hoben ihre Tassen.

Dorothy lächelte. „Das habe ich mir gedacht."

Dorothy setzte sich und ordnete ihre Karten neu. Sie war die Erste, die das Wort ergriff. „Ich bin dabei. Ich nehme zwei und wer ist er?"

„Ich nehme eine." Ruth Ann warf einen Chip

hinein. „Ein Gast in Megs Bed-and-Breakfast."

Sally Mae teilte Dorothys und Ruth Anns Karten aus. „Er ist mehr als das. Ich habe den Ausdruck in seinen Augen gesehen, als nach der Musik das Licht anging, aber Roy hat mich weggezogen, bevor ich mehr herausfinden konnte."

„Du hast ihn gesehen?", fragte Ruth Ann. „Wieso habe ich ihn nicht gesehen?"

Dorothy steckte ihre Karten erneut um. „Weil du und Ralph die Tanzfläche nie lange genug verlassen habt, um etwas zu bemerken."

„Woher willst du das wissen?" Sally Mae blickte ihre langjährige Freundin mit zusammengekniffenen Augen an. „Du warst gar nicht da."

„Ich weiß. Ich habe es nur ungern verpasst, aber als die Bradys mich baten, auf die Kinder aufzupassen, damit sie auf die Eröffnung gehen konnten, dachte ich mir, dass es eher etwas für die Jugend sei. Sie haben vielleicht die ganze Knutscherei erwähnt." Dorothy legte ihre Karten verdeckt auf den Tisch. „Also, ich wiederhole, wer ist er?"

„Glenn Baker." Eileen starrte auf ihre Hand und warf einen Chip in den Pot. „Ich nehme drei Karten und es gab keine Knutscherei."

Nichts passierte. Es wurden keine Karten ausgeteilt. Es landeten keine Chips im Pot. Nur Stille herrschte.

Eileen blickte von ihren Karten auf. Alle drei Frauen starrten sie mit offenem Mund an.

Dorothy schloss den Mund und goss noch mehr Baileys in ihren Kaffee. „Vielleicht brauche ich etwas Stärkeres."

„Was macht *er* hier?", fragte Sally Mae. „Ich meine jetzt. Nach all den Jahren."

„Ja." Ruth Ann legte ihre Karten auf den Tisch. „Warum jetzt?"

Die gleichen Fragen, die auch ihr durch den Kopf gegangen waren. „Sally, seine Frau, ist gestorben."

„Also kommt er zu dir gerannt?" Dorothy hob ihre Karten wieder auf und knallte sie dann wieder auf den Tisch. „Das nenne ich etwas zu spät."

„Frechheit." Ruth Ann fächerte ihre Karten erneut auf. „Für wen hält er dich?"

Sally Mae verzog den Mund, als hätte sie an einer Zitrone gelutscht, schüttelte den Kopf, gab sich eine Karte und murmelte: „Er sollte aus der Stadt gejagt werden."

„Klingt gut", stimmte Dorothy zu und warf einen Chip in den Pot. „Um fünf wäre ich dabei."

Ruth Ann warf einen Chip mit etwas mehr Kraft als nötig in den Pot, wodurch die Chips auf dem Tisch verrutschten. „Ich bin auch dabei und kann die Federn spenden."

„Ladies", Eileen warf einen Chip in den Pot, „glaubt ihr nicht, dass ihr ein wenig übertreibt? Wir sind nicht mehr um die Jahrhundertwende und er hat weder meiner Tugend geschadet noch meinen Geliebten kaltblütig erschossen."

„Das hätte er genauso gut tun können", murmelte Ruth Ann.

„Er hätte verstehen müssen, dass du hier gebraucht wirst. Bereit sein müssen, dir Zeit zu geben. Oder zumindest mit dir darüber reden müssen. Irgendetwas."

„Das stimmt", fügte Dorothy hinzu. „Es ist nicht so, dass einfach jemand in einen Haushalt mit sieben Kindern und einem trauernden Vater kommt und alles in ein paar Wochen richten könnte."

„Es waren Monate", sagte Eileen leise.

„Und?", sagte Sally Mae.

„Vielleicht", Eileen legte ihre Karten nieder, „wenn ich ihn hätte vorbeikommen lassen." Als Helen durch die Infektion krank geworden war, hatte sich Eileen keine Sorgen gemacht. Ärzte und Medikamente heilten ständig Infektionen. Eileen hatte nicht gewusst, wie viele Frauen selbst heutzutage noch bei der Geburt starben. Der Schock und der Schmerz waren fast unerträglich gewesen. Und doch, als Glenn gesagt hatte, er würde den nächsten Flug nehmen. Würde kommen. Würde bei ihr sein. Würde helfen. Hatte sie nein gesagt. Sie hatte ihn daran erinnert, dass die Band gerade dabei war, sich einen Namen zu machen. Dass die Leute anfingen, sie zu kennen – ihn zu kennen. Dass die bevorstehenden Auftritte wichtig waren. Dass er sie nicht absagen durfte.

„Wir haben das schon vor etwa zwanzig Jahren besprochen", sagte Dorothy. „Es war nicht deine Schuld. Selbst wenn er nicht gekommen ist, hätte er die andere Sängerin nicht heiraten müssen."

„Nein." Sie nahm ihre Karten. „Er wollte, dass Gloria an meiner Stelle singt. Habe ich das erwähnt?"

„Wahrscheinlich", sagte Ruth Ann.

Eileen nickte. „Wollte er. Ich sagte ihm, dass Sally die stärkere Stimme hätte. Sie war der bessere Ersatz für mich."

„Auf der Bühne, Liebes." Sally Mae knallte erneut ihre Karten auf den Tisch. „Nicht im Leben."

„Er entschuldigte sich."

Alle Augen richteten sich auf sie. Sally Mae stand auf und trat Eileen gegenüber. „Zu sagen, dass es dir leidtut, das Scheunentor offengelassen zu haben, bringt die Pferde nicht zurück."

„Was haben Scheunen und Pferde damit zu tun, dass er sie verlassen hat?", fragte Ruth Ann.

Sally Mae verdrehte die Augen. „Es ist eine Metapher. Die Pferde oder der Stall sind nicht wichtig. Der Punkt ist, dass die Entschuldigung zu spät kommt."

„Ich weiß es nicht." Eileen legte ihre Karten offen auf den Tisch. „Zwei Paare."

„Ich bin als Erste an der Reihe." Dorothy legte ihre Karten aus. „Ein Drilling und was meinst du damit, dass du es nicht weißt?"

Was meinte sie? Selbst all die Jahre später war es schön, die Worte zu hören. Sie hatten zwar nicht dafür gesorgt, dass sie sich … bestätigt … oder wirklich besser fühlte, da seit ihrer Trennung schließlich über fünfundzwanzig Jahre vergangen waren, aber irgendwie fühlte sie sich … leichter.

„Dieser Blick gefällt mir nicht." Sally Mae legte ihre Karten offen hin. „Full House."

„Ich bin dran", grummelte Ruth Ann. „Nicht, dass es wichtig wäre, dein Full House schlägt meine zwei Paare mit Assen." Sie drehte sich zu Eileen um. „Moment. Welcher Blick?"

Dorothy seufzte. „Der, der sagt, dass sie ihm vergeben hat."

„Hat sie das?", fragte Ruth Ann. „Warum?"

„Vergeben, ha." Sally Mae sammelte die Karten auf dem Tisch auf. „Er hätte sich auch am Telefon entschuldigen können. Wie vor zwanzig Jahren."

„Zumindest das muss man ihm zugutehalten." Dorothy half beim Einsammeln der Karten. „Es sagt etwas über ihn aus, dass er persönlich gekommen ist, aber ich weiß auch nicht, ob mir dieser Blick in deinen Augen gefällt."

„Ich habe keinen Blick. Und jetzt, wo wir das besprochen haben, weiß ich nicht, warum ich so viel Wert darauf lege, eine Tasse Kaffee mit ihm zu trinken."

„Ihr geht Kaffeetrinken?", fragte Ruth Ann.

Eileen nickte. „Heute um zehn im Café. Er möchte mit mir über etwas reden."

„Er sollte besser nicht denken, dass du nur herum-gesessen und darauf gewartet hast, dass er in dein Leben zurückstürmt und dich im Sturm erobert." Sally

Mae reichte Dorothy die Karten zum Mischen. „Dein Leben ist hier. Bei deinen Freunden und deiner Familie.“

Ihr Leben. Einst bestand ihr Leben daraus, mit dem talentierten Mann ihrer Träume auf der Bühne zu stehen. Aber das war einmal.

„Test. Eins zwei drei. *Oh say can you see …*“ Fancys sanfte Stimme ertönte laut und deutlich aus den Lautsprechern. Dies war der erste Auftritt von Tow the Line in der New Country Music Hall, und sie war mehr als nur ein bisschen nervös.

„Hört sich gut an.“ Ihr Tontechniker nahm die Kopfhörer ab und legte sie beiseite. „Die Fans werden diesen Ort lieben.“

„Ja.“ Sie konnte nur zustimmen. Das letzte Jahr war ein Wirbelsturm voller überwältigender Erfolge gewesen. Hätte sie vor zwei Jahren jemand gefragt, wo sie sich in ein paar Jahren sah, wäre ihre Antwort nicht *Leadsängerin einer Country-Band, die die Charts anführt* gewesen.

„Bist du okay?“, fragte Garrett, ein Gründungsmitglied von Tow the Line.

„Ich. Sicher.“

„Erzähl mir nicht, dass du wegen heute Abend nervös bist? Sie werden die neuen Songs lieben.“

„Ich weiß. Niemand schreibt Songs wie Gil. Der Mann ist ein musikalisches Genie.“

„Das stimmt. Sie werden seine Lieder lieben und sie werden dich lieben.“

Würden sie das? Manchmal kam sie sich wie eine Betrügerin vor. „Vielleicht.“

„Hey“, diese tiefe, verträumte Stimme, die die Fans

jahrelang in ihren Bann gezogen hatte, sprach leise und beruhigte ihre nervösen Nerven. Ohne seine Freundschaft hätte sie es nie so weit geschafft. „Hast du deine Meinung geändert?"

„Wie machst du das? Manchmal habe ich das Gefühl, dass du in meinem Kopf lebst." Sie schüttelte den Kopf und lächelte ihn mit aller Kraft an. „Es ist nur ... wir kommen immer näher."

„Tun wir. Hast du deiner Schwester schon gesagt, dass du kommst?"

„Nicht wirklich."

Garretts Brauen hoben sich, sodass seine ohnehin schon großen blauen Augen riesig wirkten. „Was genau hast du ihr erzählt?"

„Ich habe Brittany eine Geburtstagskarte geschickt und erwähnt, dass ich hoffe, sie bald zu sehen."

Seine Brauen wanderten noch etwas höher. „Deine Schwester hat also keine Ahnung, dass du unterwegs bist oder was du willst?"

Sie schüttelte den Kopf. Manche Gewohnheiten ließen sich nur schwer abschütteln. Seit ihrem zwölften Lebensjahr war es ihr nicht leichtgefallen, mit ihrer Schwester zu sprechen.

„Komisch", er drehte sich zu ihr um, „du verschickst schon seit Monaten Postkarten, hast aber kein einziges Mal mit Allison gesprochen." Glaubst du nicht, dass sie es verdient hat zu erfahren, was in deinem hübschen kleinen Kopf vor sich geht?"

Diesmal waren es ihre Augenbrauen, die die Stirn hinaufschossen. „Das ist alles so ... schwer ..." Ihre Stimme verstummte und sie verschränkte die Arme, um sich zu stärken. Würde sie jemals etwas von Anfang an richtig machen? Außer ihrem Gesang schien sie nichts Gutes zustande zu bekommen. Nun, vielleicht abgesehen von einer weiteren Sache. Brittany Farraday.

KAPITEL DREI

„Denk daran", Dorothy legte ihre Hand auf Eileens Arm, „wenn du etwas brauchst oder dir nicht gefällt, in welche Richtung das Gesprächs geht, zieh an deinem Ohr und wir kommen angerannt."

„Genau", stimmte Sally Mae zu.

Der Tuckers-Bluff-Ladies-Club versammelte sich an seinem gewohnten Tisch im Silver Spurs Café. Wie jede Woche, seit Eileen nach Tuckers Bluff gezogen war, spielten die Frauen zusammen Poker, nur, dass Eileen heute aussetzte. Jede von ihnen hatte ein Auge auf die Tür und das andere auf die Uhr gerichtet und wartete darauf, dass Eileens Verabredung zum Kaffeetrinken um zehn Uhr eintraf.

Jedes Mal, wenn die altmodische Türklingel schellte, schauten die Spielerinnen beiläufig nach oben. Nachdem beim ersten Mal Ned, der Mechaniker – der älter als Dreck war – hereingeschlendert war und seinen gewohnten Platz an der Theke eingenommen hatte, um seinen vormittäglichen Drink zu sich zu nehmen, kam nun Polly vom Cut'n'Curl hereingerannt, als stünde ihr Schwanz in Flammen, um vier Tassen Kaffee zum Mitnehmen abzuholen. „Du bist eine Lebensretterin. Ich weiß, dass jede Kaffeemaschine ein Ablaufdatum hat, aber ich wünschte, unsere hätte nicht gerade am geschäftigsten Morgen der Woche den Geist aufgegeben."

„Nächstes Mal ruf einfach an, dann bitte ich jemanden sie dir vorbeizubringen", rief Abbie der Frau hinterher, während diese praktisch zur Tür hinaus sprintete. Aber immer noch keine Spur von Glenn.

Eileen warf einen Blick auf die Uhr. Noch hatte er fünf Minuten. Vielleicht hätte sie diese Runde mitspielen sollen, um etwas anderes zu tun, als Däumchen zu drehen und zu warten.

Die Glocke ertönte erneut und erst als Dorothy „Oh mein Gott" murmelte, drehte sich Eileen um. „Wenn du ihn nicht willst, sag mir Bescheid. Ich nehme ihn."

„Dorothy!", platzte Ruth Ann heraus.

„Hey, komm mir nicht mit Dorothy. Du und Sally Mae habt jemanden, der euch nachts warmhält."

„Wirklich", murmelte Sally Mae kopfschüttelnd.

Eileen sagte kein Wort. Sie stand auf, holte tief Luft und trieb sich vorwärts. Sie ging nicht zum Schafott. Das war nur ein einfaches Gespräch mit einem alten Freund. Mehr nicht.

Glenn blickte sich um. Seine Haltung war steif, sein Blick suchend. Aber sobald er sah, dass Eileen auf ihn zukam, entspannten sich seine Schultern und das träge Lächeln, an das sie sich noch gut erinnern konnte, breitete sich von Wange zu Wange aus.

Abbie stürmte mit einer Speisekarte in der Hand auf den neuen Kunden zu und wäre beinahe nach vorne gekippt und kreischend stehengeblieben, als Eileen neben ihn trat.

„Morgen", sagte Eileen leise.

„Morgen, Leeni." Glenn begegnete Abbies verwirrtem Blick. „Ein Tisch für zwei bitte."

„Irgendwo, wo es ruhig ist. Vielleicht eine Nische", fügte Eileen hinzu.

Abbies Blick wanderte von Glenn zu Eileen und dann zu den leeren Nischen. Sie schien sich besonders anzustrengen zu müssen, um ihren Mund zu bewegen.

„Folgt mir."

Eileen tat ihr Bestes, um so zu tun, als ob niemand sie beobachtete.

„Franks Mittagsangebot ist heute schon früher fertig. Chicken Cacciatore. Als Kuchen gibt es Boston Cream." Ihr Blick wanderte zu Eileen und zurück, als Abbie Glenn eine Speisekarte reichte. Sie nahm seine Getränkebestellung entgegen und warf Eileen einen verstohlenen Blick zu. Dann zog sie ein paar Servietten aus ihrer Schürze, legte sie auf den Tisch, warf einen weiteren neugierigen Blick in Eileens Richtung und verkündete: „Ich bin gleich mit euren Getränken zurück und nehme die Bestellungen entgegen."

„Danke, Abbie." Eileen tat ihr Bestes, um Abbie ein entspanntes, alles-in-Ordnung-Lächeln zu schenken und betete, dass es nicht so aussah, als würde sie ihr Frühstück wieder loswerden müssen.

„Meg hat mir alles über die Farradays erzählt", fing Glenn an.

„Hat sie?"

„Ich bin seit ein paar Tagen in der Stadt." Ein Hauch von Rosa färbte seine Wangen. „Ich musste erst Mut sammeln. Jedenfalls kam beim Frühstück immer mindestens einer deiner Neffen oder deren Frauen ins Gespräch. Bis gestern Abend hatte ich dann ein ziemlich gutes Bild davon, was aus all den Jungs und Grace geworden ist, und ich habe herausgefunden, dass es noch drei weitere Cousins gibt."

„Eigentlich gibt es noch sechs weitere, aber wir bekommen sie nicht sehr oft zu sehen. Hannah, Ian und Jamison sind die Kinder von Seans Cousin Brian. Sie sind hier in Texas aufgewachsen. Nicht weit von Austin entfernt. Brians Bruder Patrick wanderte ein wenig herum, bevor er sich schließlich in Wyoming niederließ."

„Und du bist für alle Tante Eileen?"

Sie nickte. Obwohl die Clans von Brian und Patrick keine wirkliche Beziehung zu Eileen hatten, war sie ebenso deren Tante wie die der Kinder ihrer Schwester.

„Hey." Jamison, Brians ältester Sohn, schlenderte zum Tisch und beugte sich vor, um seiner Tante einen Kuss auf die Wange zu geben. „Wie geht's?"

„Gut." Eileen lächelte, sie wusste, was ihr Neffe vorhatte. Zweifellos hatte Abbie ihm sofort eine Nachricht über Eileens Kaffeebegleitung geschickt, nachdem sie in der Küche verschwunden war. „Was bringt dich zu dieser Stunde hierher?"

„Oh." Jamie blickte zur Klinik seines Cousins auf der anderen Straßenseite und war sichtlich überrascht darüber, dass seine Tante es absichtlich versäumte, ihn vorzustellen. „Ich habe gehört, dass heute Boston Cream auf der Speisekarte steht. Ich dachte, ich komme und hole mir einen kleinen Vormittagssnack."

„Aha." Eileen nickte.

„Wie gesagt", Jamies Blick wanderte von seiner Tante zu ihrer Begleitung und wieder zurück, „ich beeile mich besser, bevor der Kuchen weg ist."

„Mach das." Eileen lächelte und sah zu, wie ihr Neffe ein paar Schritte rückwärts ging, bevor er sich umdrehte und seine Verlobte an der Theke mit einem dicken Kuss begrüßte. Keine Überraschung, wenn man bedachte, wie jung ihre Liebe war.

„Er hat gestern Abend an der Bar gearbeitet, oder?"

„Ja, das O'Fearadaigh's war Jamies Idee." Eileen schüttelte ihre Gedanken an Jamie und Abbie und sein plötzliches Auftauchen heute Morgen ab und lächelte Glenn an. „Erzähl mir von deinen Mädchen. Zwei, hast du gesagt?"

„Das ist richtig. Sie sind der Grund, warum ich angefangen habe, nach alten Freunden zu suchen. Sie bestanden darauf –"

„Hallo." Declan blieb in voller Uniform neben

seiner Tante stehen. „Ich dachte, du würdest heute Morgen Karten spielen?"

Eileen blickte um ihren Neffen, den Polizeichef, herum und suchte nach einem schuldbewussten Ausdruck auf Abbies Gesicht. Hatte die Frau vor, all ihre Neffen auf ihre heutige Begleitung aufmerksam zu machen? „Ich mache eine Kaffeepause."

„Ich verstehe." D.J. drehte sich zu dem Mann um, der ihr gegenübersaß.

„Ich bin Glenn Baker." Seine Hand schoss hervor. „Freut mich, Sie kennenzulernen."

D.J. nickte. „Chief Farraday."

Oh, Abbies Neuigkeiten heute Morgen mussten D.J. praktisch umgehauen haben, da er sich mit seiner offiziellen Anrede vorstellte. Dachte er, Glenn wäre hier, um sie zu entführen?

„Ich habe gehört, dass die Boston Cream ziemlich gut ist. Warum bringst du Heather nicht ein Stück vorbei? Die Frau arbeitet viel zu hart." Eileens Andeutung war so subtil, wie sie es zu diesem Zeitpunkt noch zustande brachte.

D.J. zog eine Augenbraue höher als die andere.

„Eigentlich", Eileen zeigte mit dem Finger in Abbies Richtung, „solltest du Reed auch ein Stück aufs Revier bringen. Hat er heute Morgen nicht Dienst?" Natürlich wusste Eileen das bereits, denn vor nicht einmal einer Stunde war der andere Beamte auf eine Tasse Kaffee vorbeigekommen, bevor er sich an seine morgendliche Kontrollfahrt durch die Stadt gemacht hatte. Da ihr Neffe es anscheinend nicht eilig hatte, zu verschwinden, lächelte sie zu ihm auf. „Danke fürs Vorbeikommen."

„Ja. Ich schätze, ich werde mir etwas von dem Kuchen holen, den du angepriesen hast."

Sie wartete ein paar Sekunden und behielt D.J. im Auge, bis er zumindest außer Hörweite war. Wenn der

Mann sich noch langsamer bewegte, würde er es erst im nächsten Frühjahr zurück zur Polizeiwache schaffen. Als sie Glenn wieder ansah, atmete sie aus. „Was wolltest du sagen?"

Er warf einen Blick über ihre Schulter und überlegte entweder, was er als nächstes sagen sollte, oder versuchte sich daran zu erinnern, wo das Gespräch aufgehört hatte. „Wo waren wir?"

„Deine Töchter sind der Grund ..."

„Ja." Er nickte und hielt inne, während Abbie jedem von ihnen eine Tasse Kaffee hinstellte.

„Habt ihr beide Lust, etwas zu essen?"

„Eigentlich", Glenn ließ sein charmantes Lächeln aufblitzen, mit dem er so oft seinen Willen durchgesetzt hatte, „klingt ein Stück von dem Boston Cream Pie, von dem alle reden, ziemlich gut."

Abbie nickte und drehte sich zu Eileen um. „Und du, Tante Eileen?"

„Mach zwei draus, mit einem Klecks Schlagsahne auf meinem."

„Verstanden. Zwei Kuchen. Kommen sofort."

Glenn beugte sich vor und legte seine Ellbogen auf den Tisch. „Wie gesagt, Sally ist vor drei Jahren verstorben und um ehrlich zu sein, stand ich im ersten Jahr völlig neben mir."

Eileen nickte. Sie wusste genau, was er meinte. Obwohl sie mit einem neuen Baby und einer energiegeladenen Truppe von sechs Jungen auf Trab gehalten worden war, lag nach dem Verlust ihrer Schwester noch lange Zeit eine dünne Nebelschicht über ihr Gehirn.

Er fuhr fort: „Anfang des Jahres setzten sie sich mit mir zusammen und sagten, ich müsse aus meinem Trott herauskommen. Ich war nicht der Meinung, dass ich in einen Trott verfallen war, aber zwei Jahre waren vergangen und das beharrliche Drängen meiner

Mädchen, mich wieder zu den Lebenden zu gesellen, ließ mich erkennen, wie verloren ich gewesen war. Es hätte nicht viel mehr Überzeugungsarbeit von ihrer Seite gebraucht, um mich davon zu überzeugen, dass es eine gute Sache wäre, mit alten Freunden Kontakt aufzunehmen."

„Und deshalb bist du hier?" Der Himmel wusste, dass sie letzte Nacht jede Menge Schlaf damit verloren hatte, sich zu fragen, warum gerade jetzt.

„Zum Teil. Weißt du, ich habe auch …"

„Morgen." Finn nahm seinen Hut ab, klopfte ihn an seiner Hose ab und grinste seine Tante an.

Er lächelte und grinste viel zu viel, und es gab absolut keinen Grund für Finn, heute in der Stadt zu sein. Alles, was sie ihrem Schwager und ihrem Neffen gestern Abend auf der Heimfahrt gesagt hatte, war, dass sie Glenn heute auf einen Kaffee treffen würde. Sie erwähnte nicht, wann oder ob sie in der Stadt bleiben oder nach Butler Springs fahren würden. Es sei denn – ihr Blick richtete sich quer durch das Café auf Abbie. Dann stöhnte sie und schlug die Hände flach auf den Tisch. „Das reicht."

„Finnegan Farraday." Finn reichte Glenn die Hand und ignorierte den kleinen Ausbruch seiner Tante. „Die Leute nennen mich Finn."

Eileen deutete vorwurfsvoll mit dem Finger auf Finn und die anderen. „Wir werden das nicht mit jedem Familienmitglied machen. Finn, das ist Glenn, ein alter Freund, der zufällig in der Stadt ist", sie hielt inne, um Glenn anzusehen, der nickte, „und wir unterhalten uns gerade ein wenig bei Kaffee und Kuchen. Das ist alles. Ich laufe nicht Gefahr, entführt zu werden."

„Was?" Glenn blickte auf.

Eileen schüttelte den Kopf und winkte ab. „Wie auch immer, ich möchte nur, dass du die Nachricht …"

„Morgen." Sean Farraday manövrierte um seinen

jüngsten Sohn herum. Doch im Gegensatz zu den anderen, die unbeholfen am Tisch standen, rutschte er neben ihr in die Nische und legte die Hände auf den Tisch, als Abbie gerade mit zwei Stücken Kuchen auf sie zukam. „Oh, das sieht gut aus. Ich nehme dasselbe."

Zum ersten Mal, seit Glenn durch die Tür gekommen war, war Abbies Lächeln wirklich strahlend. „Ein weiteres Stück Kuchen kommt sofort."

Die Klingel über der Tür ertönte und Eileen wagte nicht, aufzublicken. Aber wie bei einem Zugunglück in der Nähe der Autobahn, konnte sie einfach nicht widerstehen. Brooks schlenderte in ihre Richtung. Er blieb stehen, um seinem Bruder D.J. auf die Schulter zu klopfen, bevor die beiden, begleitet von Jamie, auf sie zukamen. Erneut.

„Morgen." Brooks warf seiner Tante ein Lächeln zu und gab seinem Bruder Finn einen Klapps, so wie er es mit D.J. getan hatte.

Eileen musterte die Männer vor ihr von links nach rechts. „Arbeitet niemand mehr für seinen Lebensunterhalt?"

„Der Mensch muss essen." Brooks zuckte mit der Schulter. „Eigentlich komme ich gerade von der Visite im Krankenhaus. Ich wollte mich gerade mit meiner Frau zu einem späten Frühstück treffen, als ich dich sah."

Natürlich glaubte sie das. Er wollte ihr wahrscheinlich in der Wüste ein Grundstück am Wasser verkaufen. Nicht, dass sie nicht damit rechnete, dass auch seine Frau jeden Moment vorbeikommen würde, aber sie trafen sich an einem Freitagmorgen ebenso wenig zum Frühstück, wie sie sich mit der Queen auf eine Tasse Tee. „Ihr müsst euch eure eigene Nische suchen. Die hier ist voll."

„Erwartet ihr noch jemand anderen?" Finn zeigte auf den freien Platz neben Glenn.

„Nein." Glenns Antwort überlagerte das „Ja" von Eileen.

Finn blickte von einer Person am Tisch zur anderen und zögerte.

„Bitte sehr." Abbie drängte sich an den Farraday-Männern vorbei, die um die Nische herumstanden, stellte einen Teller mit Boston Cream Pie vor Sean ab und betrachtete Finn, während sie ein Stück Blaubeerkuchen vor dem freien Sitz neben Glenn platzierte. „Ich weiß, wie sehr du Blaubeerkuchen magst, deshalb habe ich dir den hier mitgebracht." Sie lächelte immer noch und wandte sich wieder den anderen zu. „Es kommt gleich noch mehr Kaffee."

Da ihr Schwager an ihrer Seite saß und ihr Neffe sich nun auf dem Platz gegenüber niederließ, gab es für Eileen keinen Ausweg, ohne eine Szene zu machen. Sie hätte vorschlagen sollen, in Butler Springs Kaffeetrinken zu gehen. Wenn da nicht eine winzige Kleinigkeit gewesen wäre – sie war sich nicht sicher, ob sie bereit war, ein paar Stunden mit dem Mann in einem Auto zu verbringen, den sie einst hatte heiraten wollen. Bis sie einen Brief geöffnet und erfahren hatte, dass besagter Mann jemand anderen geheiratet hatte.

Ein paar Minuten lang war Sean sicher, dass Eileen ihn aus der Nische werfen würde. Oder vielleicht sogar aus dem Bundesstaat Texas. Nicht, dass sie keinen guten Grund dazu gehabt hätte. Er hatte nicht das Recht, sich in ihr Wiedersehen einzumischen. Schließlich war es ihre Sache, mit wem sie ihre Zeit verbrachte. In all den Jahren hatte er nie seine Grenzen überschritten und jetzt war nicht die Zeit, damit anzufangen. Und doch ließ ihn etwas tief in seinem Inneren nicht aufstehen und gehen.

Höchstwahrscheinlich lag es an der Art, wie dieser Mann auf der anderen Seite des Tisches sie anlächelte. So als wäre sie eine Preisgürtelschnalle für den ersten Platz in einem Rodeo. Oder vielleicht war es die Erinnerung an jene ersten Nächte, nach dem Telefonat, mit dem derselbe Mann die Hochzeit abgesagt hatte. Mehr als einmal war er auf dem Weg zu seinem Zimmer an dem von Eileen vorbeigekommen und hatte ihr leises Schluchzen gehört. Er hatte nicht gewusst, was er tun oder sagen sollte. Wie er ihr helfen konnte. Obwohl er keine Ahnung gehabt hatte, wie er ohne sie zurechtkommen würde, hatte er sie ermutigt, ihre eigenen Träume wieder zu verfolgen.

Als sie klarstellte, dass Grace und die Jungs, egal was es kostete, an erster Stelle standen, hätte er den Mann am liebsten mit bloßen Händen dafür erdrosselt, dass er nicht warten wollte. Wieso hatte er ihr nicht die Zeit geben können, die sie alle brauchten? Wie sehr hatte dieser Musiker sie geliebt, wenn er nicht noch etwas länger hatte warten können? Und dann der ultimative Verrat nur wenige Monate danach. Er würde nie Eileens tapferen Bemühungen vergessen, die Tränen zurückzuhalten, während sie den Inhalt dieses verfluchten Briefes überflog. Jemand anders sang ihre Lieder, war mit der Liebe ihres Lebens verheiratet und lebte ihren Traum. Sie hatte schon vor Jahren mehr als diesen Mann verdient, und jetzt verdiente sie ganz gewiss mehr als ihn.

Mit Ausnahme von Finn, der sich zusammen mit seinem Vater an den Tisch gesetzt hatte, hatten sich alle anderen Verwandten nach Eileens Ausbruch sofort im

Café verteilt. Aber trotz der Entfernung spürte Glenn, wie sich ihre Augen in seinen Hinterkopf bohrten. Der Farraday-Clan war ihnen immer noch so nahe, als hätte Eileen sie eingeladen, sich einen Stuhl zu schnappen und sich an den Tisch zu setzen.

Was ihn wieder zu dem Mann brachte, der vor ihm saß. Glenn war auf die Möglichkeit vorbereitet gewesen, dass Eileen ihn und seine Entschuldigung in eine Grube voller Klapperschlangen werfen würde, aber er hatte nicht mit dem durchdringenden Blick von Sean Farraday gerechnet. Jetzt, mehr als zwei Jahrzehnte nach dem Scheitern der Verlobung von Eileen und ihm, war Glenn mehr als klar, dass er die Dinge anders hätte angehen können. Besser. Sein erster Fehler war wahrscheinlich gewesen, dass er trotz Eileens Einwänden nicht zur Beerdigung erschienen war. Wenn er dabei gewesen wäre, hätte er es vielleicht verstanden. Wäre vielleicht geduldiger gewesen. *Oder auch nicht.* Am Ende war er zu der Überzeugung gekommen, dass er mit den Kindern ihrer Schwester nicht mithalten konnte. Oder vielleicht hatte er einfach Angst davor gehabt, es wirklich zu versuchen. Nichts davon zählte mehr. Was er jetzt brauchte, waren ein paar Minuten allein mit Eileen. Er war seit Jahren nicht mehr so begeistert von irgendetwas gewesen und erst letzte Nacht war ihm klargeworden, wie wichtig ihm Eileen noch war. Und er wollte unbedingt, dass sie ebenfalls so aufgeregt war wie er.

KAPITEL VIER

Während Eileen zuhörte, wie Finn Glenn unter dem Deckmantel einer Konversation mit Fragen überhäufte, fragte sie sich erstens: Wann war ihr ruhiger, nachdenklicher Neffe so gesprächig geworden. Und zweitens: Was würde passieren, wenn sie jemanden mit einer Gabel erstechen würde? Wenn diese so höfliche und steife Konversation noch lange so weiterging, würde sie sich vielleicht selbst mit einer Gabel ins Auge stechen, nur um den Tag endlich hinter sich zu bringen.

„Das ist also Ihr erstes Mal in Texas?", fragte Finn.

„Nein." Glenn spielte mit dem letzten Stück Kuchen auf seinem Teller herum. „Aber es ist viele Jahre her, seit wir in Texas gespielt haben."

„Gespielt?" Finn runzelte die Stirn. „Sind sie Sportler?"

Glenn legte lachend den Kopf zurück. „Kaum. Ich bin Jazzpianist."

„Und ein verdammt guter." Ein vertrautes Gefühl von Stolz brodelte in Eileen. „Zumindest warst du das früher."

„Bin ich immer noch, danke. Auch wenn ich seitdem nicht mehr vor Publikum gespielt habe …" Seine Worte verstummten und seine Hände hielten für einen Moment still, bevor er auf sein letzte Stück Kuchen einstach und sich zwang in Eileens Richtung zu lächeln. „Erinnerst du dich an das Blue Tortoise?"

Der Name kam ihr irgendwie bekannt vor. Es war so viele Jahre her, seit sie zusammen aufgetreten waren. Immer unterwegs, von Stadt zu Stadt, Nacht für … „Warte. War das nicht in Austin? Der Club mit der riesigen ausgestopften Schildkröte – richtig?"

„Schildkröte. Ja. Und zwischen den Auftritten standen die Kellnerinnen an den Bars und machten diese Jive-Bewegungen."

„Das stimmt. Ich erinnere mich. Sie haben uns ein paarmal gebucht." Zufrieden über die schöne Erinnerung entspannte sich Eileen zum ersten Mal seit der Ankunft des Farraday-Clans und lehnte sich zurück, wobei ihr Arm leicht den von Sean berührte. „Das Lieblingslied des Besitzers war –"

„*Miss Otis Regrets*." Glenn neigte grinsend seinen Kopf hin und her. „An manchen Abenden habe ich den Überblick verloren, wie oft er dich dieses Lied singen ließ."

„An manchen Abenden war ich mir unsicher, ob er uns einen Auftritt ohne den Song erlauben würde. Obwohl ich mich oft gefragt habe, warum er die Frau, die sich auf die Straße der Liebenden verirrte und eine Waffe unter ihrem Samtkleid hervorzog, so sehr zu mögen schien."

„Eine von Cole Porters unterhaltsameren Melodien." Glenn kicherte.

Finn öffnete und schloss ein paarmal den Mund, bevor er schließlich damit herauskam: „Du hast gesungen? Ich meine, beruflich?"

„Schau nicht so entsetzt." Eileen spürte, wie Empörung ihren Rücken hinaufstieg.

„Deine Stimme war – ist – engelsgleich." Zum ersten Mal, seit Finn mit seinem schlecht getarnten Versuch begann, beiläufige Fragen zu stellen, beteiligte sich Sean an der Unterhaltung und zeigte diese kaum wahrnehmbare Hebung einer Seite seines Mundes, die all seine Söhne geerbt hatten. „Du singst leider nicht mehr oft."

Sie schüttelte den Kopf. Wenn man ihr ein paar Gläser Wein gab und es eine richtig große Party war, konnte sie nicht widerstehen. Bei fast jeder Farraday-Hochzeit im letzten Jahr hatte sie irgendwann ein Mikrofon in die Hand genommen und nach Herzenslust gesungen.

„Warum wusste ich das nicht?" Finn beugte sich vor und legte seine Arme auf den Tisch. „Ich meine, ich weiß, dass du und Tante Anne die ganze Nacht singen könnt, aber … Moment. Hat Tante Anne früher auch professionell gesungen? Seid ihr eine Art Girl Band?"

Eileen schluckte ein Lachen herunter. „Ich kenne nicht viele Jazz-Girl Bands. Und nein, deine Tante hat eine fantastische Stimme, aber abgesehen von ein oder zwei Hochzeiten hat sie nie einen Fuß auf eine Bühne gesetzt."

„Wusstest du das?" Finn sah zu seinem Vater.

„Wie könnte ich es nicht wissen?" Finns Vater nickte. „Deine Mutter war so stolz, dass sie ihr erstes Album immer und immer wieder spielte. Ich bin überrascht, dass die Schallplatte nicht kaputt ist."

Eileen drehte den Kopf zur Seite und starrte ihren Schwager an. „Das wusste ich nicht. Ich wusste nicht einmal, dass sie eine hatte."

„Ja", Sean legte seine Gabel auf den jetzt blitzblanken Kuchenteller. „Wahrscheinlich haben wir sie immer noch."

Obwohl Eileen das Singen und die Musik liebte, hatte sie nicht einmal mehr Zeit, die Stereoanlage einzuschalten, nachdem sie die Erziehung von Grace und den Jungs übernommen hatte. Ehrlich gesagt hatte sie keine Ahnung, welche Plattenalben Helen und Sean besaßen. Wahrscheinlich war es auf diese Weise auch einfacher für sie gewesen.

Wieder einmal klappte Finns Kiefer leicht auf, bevor er erneut sprach. „Du hast ein Album aufgenommen?"

„Nur eines", sagte sie.

Glenn hob einen Finger. „Eigentlich fast zwei."

„Was meinst du mit fast zwei?"

„Du weißt, wie schwierig Slim bei dieser ersten Produktion war –"

Eileen nickte. „Ich dachte, alle Produzenten sind so."

„Eigentlich nicht, aber wir wussten es damals nicht besser. Allerdings haben es zwei Aufnahmen nicht auf das erste Album geschafft. Unser neuer Produzent fand sie phänomenal und fügte sie dem zweiten Album hinzu." Glenn lehnte sich zurück. „Es gab Verträge, die unterzeichnet werden mussten. Du musst sie gesehen, unterschrieben und zurückgeschickt haben, sonst wären die Songs nicht auf dem Album gelandet."

Irgendwo in den Tiefen ihres Geistes erinnerte sich Eileen vage daran, wie sie vom Anwalt der Plattenfirma einen Stapel Papierkram erhalten hatte. Zu diesem Zeitpunkt in ihrem Leben hatte sie alles unterschrieben, was bedeuten konnte, Lizenzgebühren zu erhalten.

„Also mal sehen, ob ich das verstehe", Finn deutete von seiner Tante zu dem Mann neben ihm, „ihr wart berühmt genug, um mehrere Alben aufzunehmen?"

Eileen zeigte auf Glenn. „Nicht, während ich in der Band war. Wir haben gerade erst angefangen. Außerdem hatte Glenn die magischen Finger, die aus jedem Keyboard engelsgleiche Musik erklingen ließen. Ich wusste immer, dass die unkonventionelle Art und Weise seiner Takte der Band Aufmerksamkeit verschaffen würde."

„Wow." Finn lehnte sich zurück. „Einfach wow."

Abbie erschien mit einer Kanne Kaffee in der

Hand. „Möchte jemand noch eine Tasse?"

„Ich muss eine Bestellung im Futterladen abholen und zur Ranch zurückkehren." Finn schüttelte den Kopf, legte seine Hände flach auf den Tisch, stand auf und richtete seinen Blick dann auf seinen Vater. „Soll ich dich auf dem Weg zurück zur Ranch abholen?"

Sean blickte seinen Sohn an, dann richtete er seine Aufmerksamkeit auf Glenn und schließlich wieder auf Eileen. Sie las die Gedanken dieses Mannes seit über zwanzig Jahren, und doch hatte sie in diesem Moment keine Ahnung, worum es bei all den Emotionen ging, die sich hinter diesen stahlblauen Augen versteckten.

„Wir müssen eine Ranch bewirtschaften, wir sollten uns besser wieder auf den Weg machen. Das geht auf mich." Mit kaum mehr als einem Nicken in Eileens Richtung und einem Winken in die von Abbie folgte Sean seinem Sohn zur Kasse.

Eileen blickte sich kurz um und sah, dass der Tisch, an dem ihre Verwandten gesessen waren, leer war. Sie war so in das Gespräch und ihre Vergangenheit versunken, dass sie nicht einmal bemerkt hatte, wann sie aufgestanden waren. Der Ladies Club spielte jedoch immer noch Karten. Für alle anderen im Lokal wirkten die Frauen so, als wären sie mit ihren Pokerkarten beschäftigt, aber Eileen konnte die verstohlenen Blicke erkennen, die sporadisch in ihre Richtung geworfen wurden.

„Deine Familie steht sich ziemlich nahe, wie ich sehe."

Für den Bruchteil eines Augenblicks hatte sie fast vergessen, dass Glenn ihr gegenübersaß. „Ja", sie nickte, „ja, das tut sie." Visionen von allen Farradays, ihren besseren Hälften und Kindern, die in der Küche arbeiteten und an dem riesigen Esstisch saßen, ihr Zusammenhalt und die Tatsache, dass sie selbst jetzt uneingeladen aufgetaucht waren, brachten sie zum

Lächeln. Sie hatte das gut gemacht. Nun ja, sie und Sean hatten das gut gemacht.

Es hatte lediglich einer SMS von Finn bedurft, um fast jeden Farraday in Tuckers Bluff in der Küche von Meg zu versammeln oder sich auf dem Weg dorthin zu machen.

„Okay." Meg war die Erste, die sich zu Wort meldete. „Ich gebe zu, ich bin äußerst neugierig, was los ist. Das ist für deine Tante wirklich ungewöhnlich."

Adam stand hinter seiner Frau und hatte seine Arme um ihre Taille gelegt. „Alle Patienten in der Tierklinik konnten heute Morgen nur über Tante Eileen und den neuen Fremden sprechen, der offenbar kein wirklich Fremder ist."

„Ich bin genauso neugierig wie jeder andere auch, aber wenn wir über Tante Eileen reden, sollte sie dann nicht hier sein? Oder zumindest Dad?" Becky lehnte sich an D.J..

Brooks sah zu Finn. „Wo ist Dad?"

„Während wir im Futtermittelladen waren, kam Ken Brady herein, um einige Teile für seinen Kompaktlader abzuholen, der wieder einmal defekt ist. Da Dad dieses Gerät im Schlaf bedienen kann, bot er seine Hilfe an. Es ist nur ein Zwei-Mann-Job, also habe ich ihm gesagt, dass ich ihn auf dem Heimweg abholen würde."

Meg setzte sich auf einen Hocker in der Nähe. „Weiß er, dass wir uns alle hier treffen?"

„Nein", sagte Finn. „Ich dachte nur, dass dies ein guter Zeitpunkt wäre, die meisten von uns ohne Dad und Tante Eileen zu versammeln."

„Warum?", fragte Brooks.

„Ich bin mir sicher, dass Tante Eileen es allen selbst erzählen wird, aber in der Zwischenzeit habe ich mir gedacht, dass es das Beste ist, alle auf den neuesten Stand zu bringen. Angefangen damit, dass ich gestern Abend bemerkt habe, dass Dad wirklich verärgert war, weil er Dinge in der Küche herumschlug. Außerdem muss Tante Eileen heute Morgen etwas zu ihm gesagt haben, weil er vorgeschlagen hat, dass wir den Morgen nutzen, um unsere Futterbestellung abzuholen, anstatt darauf zu warten, dass Chase es morgen mitbringt. Und wie die meisten von euch wissen, landeten wir im Café. Warten wir noch auf Ethan und Allison und …"

„Okay", Grace sauste durch die Vordertür, dicht gefolgt von ihrem Mann Chase, „was kann nicht bis zum morgigen Sonntagsessen warten?"

„Ich warte immer noch auf Ethan", sagte Finn. „Ich möchte nichts zweimal erzählen."

„Was ist mit Connor?", fragte Adam.

Finn zuckte mit den Schultern. „Ich muss ihn später über alles aufklären."

Die Haustür öffnete und schloss sich quietschend und Ethan und seine Frau betraten das Zimmer. „Wir sind da."

„Ich auch." Toni winkte allen zu und schmiegte sich an ihren Mann, als sie ihn entdeckte.

„Ich wünschte, ich hätte gewusst, dass wir so viele Leute hier haben würden." Meg erhob sich, ging zum Kühlschrank und holte Aufschnitt, Käse und Brotaufstriche heraus. „Sandwiches zum Selbermachen stehen jetzt wohl auf der Mittagskarte."

Brooks legte seinen Arm um Tonis Taille und gab seiner Frau einen kurzen Kuss auf die Lippen. „Keine Sorge, wir haben alle etwas im Café gegessen."

„Oh ja", murmelte Meg und blickte dann stirnrunzelnd ihre beiden Schwägerinnen an. „Wer ist bei Brittany und Baby Helen?"

„Tante Eileen", antwortete Toni.

„Tante Eileen?", ertönte es von mehreren Stimmen so laut, dass Toni tatsächlich einen Schritt zurücktrat.

Dann warf sie einen kurzen Blick auf Brooks, bevor sie sich wieder den anderen zuwandte. „Ich sagte ihr, dass ich zu einem Last-Minute-Treffen eingeladen bin und ob sie mich bitte bei den Kindern vertreten könne. Und", sie blickte zu Finn, „liege ich richtig, wenn ich annehme, dass dieses Treffen etwas mit dem Mann zu tun hat, der jetzt unserer Tante beim Babysitten hilft?"

Finn seufzte. „Falls sie keinen anderen Mann im Schrank versteckt, ja."

„Das überrascht mich irgendwie nicht." Toni ließ sich auf einem Hocker in der Nähe der Kücheninsel nieder.

Da Adam es heute Morgen nicht ins Café geschafft hatte, griff er nach einem Laib Brot. „Du hast das Wort, kleiner Bruder."

„Wie ich schon sagte", begann Finn, „Dad war letzte Nacht wirklich aufgebracht, nachdem dieser Typ im Pub aufgetaucht ist und sich zu Tante Eileen gesetzt hat."

„Es war ein bisschen seltsam." Meg schmierte Senf auf ihr Brot. „In einem Moment kam mein Gast vorbei, um etwas zu essen, und im nächsten nannte er Tante Eileen Leeni und fragte, wie es ihr geht."

„Leeni?", hallte es mehrstimmig durch den Raum.

„Das meine ich." Finn winkte Beckys Versuch ab, ihm ein Sandwich zu reichen. „Gestern Abend war Dad wütend darüber, wer dieser Kerl ist."

„Und wer ist er?" Meg blickte vom Schneiden einer Tomate auf.

„Tante Eileens Ex-Verlobter."

Wenn Finn über diese Wendung der Ereignisse nicht so besorgt gewesen wäre, hätte er über die Anzahl der offenstehenden Kiefer gelacht.

„Anscheinend", fuhr Finn fort, „haben sie das Ganze abgeblasen, als sie sich entschied, auf der Ranch zu bleiben, nachdem Mom gestorben war."

Mit weit aufgerissenen Augen sahen die meisten von Finns Geschwistern aus wie ein Schwarm verschreckter Eulen.

„Ja." Finn fuhr sich mit der Hand über den Nacken. „Ich hatte auch keine Ahnung. Und hier ist noch eine Neuigkeit. Glenn ist Jazzpianist und Tante Eileen war die Sängerin in seiner Band."

Zugeschnappte Münder öffneten sich wieder. Meg drehte sich von der Mom gestorben Kücheninsel weg und durchquerte den Raum, um ihren Laptop zu öffnen. Die Tastatur klapperte, alle Augen waren auf sie gerichtet. Niemand schien in der Lage zu sein, etwas zu sagen.

„Heilige …" Sie wirbelte herum. „Dieser Typ ist eigentlich ein renommierter Jazzpianist, der für seinen ungewöhnlichen Einsatz von Takten bekannt ist …"

„Tante Eileen hat im Café etwas darüber gesagt."

„Er hat mit Ella Fitzgerald gespielt –"

Einige seiner Geschwister pfiffen.

„Diana Krahl …" Meg las eine Liste mit dem Who-is-Who der Jazzwelt vor, während Aussprüche wie *wow* oder *das ist ein Scherz* sowie weitere Pfiffe durch den Raum hallten.

Ethan rieb sich das Gesicht. „Das ist surreal. Willst du etwa sagen, dass Tante Eileen den Mann, den sie heiraten wollte, für uns aufgegeben hat?"

„Sieht so aus." Finn zuckte halbherzig mit den Schultern.

„Und jetzt ist er zurück?", fügte Brooks hinzu.

D.J. stand mit verschränkten Armen in der Ecke. „Glaubst du, er ist nach all den Jahren zurückgekommen, um sie zurückzugewinnen?"

„Hört euch das an", unterbrach Meg. „Er hatte eine

Frau, die vor drei Jahren an ALS starb. Vor elf Jahren wurde bei ihr die Diagnose gestellt. Ungefähr zu der Zeit, als Glenn aus der Musikszene verschwand.“

„Also hörte er auf, Musik zu machen, um sich um seine Frau zu kümmern.“ Ethan lehnte sich gegen die Theke. „Klingt nach einem ganz netten Kerl. Niemand, um den wir uns wegen unserer Tante Sorgen machen müssten.“

„Warte.“ Meg winkte Ethan zu. „Es wird noch interessanter. Glenn Baker und seine Leadsängerin Sally Marshall heirateten genau elf Monate nach Grace‘ Geburt.“

„Er hat keine Zeit verschwendet“, spottete Brooks.

D.J. stieß sich von der Theke ab, an die er sich gelehnt hatte. „Sieht nicht danach aus.“

„Okay.“ Ethan war angespannt. „Vielleicht doch nicht so nett.“

„Klingt seltsam.“ Brooks schüttelte den Kopf. „Sagen wir, Tante Eileen hat mit ihm Schluss gemacht –“

„Dad sagte, er hätte ihr das Herz gebrochen, also glaube ich nicht, dass das passiert ist“, erklärte Finn.

Brooks beugte sich über die Kücheninsel nach vorne. „Welch ein Zufall. Er löst die Verlobung mit Tante Eileen und heiratet dann ziemlich schnell eine andere. Furchtbar praktisch, wenn ihr mich fragt.“

„Das ist auch mein Gedanke. Wenn man ihm damals nicht vertrauen konnte, warum sollte man ihm dann jetzt vertrauen?“ Finn blickte zu seinem Bruder. „Andererseits möchte ich nur, dass Tante Eileen glücklich ist. Und ob ihr es glaubt oder nicht, als Dad und ich vorhin das Café verließen, sah sie glücklicher aus, als ich sie seit Jahren gesehen habe.“

„Natürlich war sie das.“ Adam kicherte. „Sie lebt, um uns herumzukommandieren.“

„Stimmt“, lächelte Finn, „aber ich denke, da steckt

mehr dahinter."

„Wenn dieser Typ für Tante Eileen zurückgekommen ist und sie glücklich macht, dann bin ich voll und ganz dafür." Adam lehnte sich gegen die Theke und verschränkte die Arme.

Meg hob ihre Hand. „Ich liebe dich, Schatz, aber lass uns keine voreiligen Schlüsse ziehen. Es kann viele Gründe geben, warum Glenn hier ist. Wir können nicht wissen, ob er wegen ihr oder aus einem anderen Grund hierhergekommen ist oder ob sie sich überhaupt wünscht, ihn wieder in ihrem Leben zu haben."

Einen Moment lang herrschte Stille, als alle Megs Worte sacken ließen. Finn wollte, dass seine Tante glücklich war. Aber ihm wäre es lieber, wenn sie in Tuckers Bluff glücklich wäre.

„Ich denke nicht, dass es uns etwas angeht." Toni stahl eine Scheibe gebackenen Schinken von der Arbeitsplatte. „Schließlich ist sie eine erwachsene Frau. Sie hat das Recht, zu tun, was sie will und mit wem sie will."

Ein paar der Brüder kniffen die Augen zusammen und einer von ihnen murmelte: „Zu viele Infos."

„Übertreibt mal nicht." Finn hob die Hand. „Es ist ja nicht so, dass sie einen Keuschheitsgürtel trägt …"

Adam stöhnte. „Solche Bilder brauche ich wirklich nicht in meinem Kopf."

„Du bist Tierarzt", schoss Finn zurück. „Du musst dich mit dem Fortpflanzungsakt also auskennen."

„Ja, aber keines dieser Tiere ist wie eine Mutter für mich. Vielen Dank."

Meg kicherte und legte einen Arm um die Taille ihres Mannes. „Alles gut, Sweetheart. Wir müssen dich einfach auf andere Gedanken bringen."

Adams Nasenflügel bebten und niemand im Raum zweifelte daran, wohin seine Gedanken gerade abgeschweift waren.

„Vielleicht sollte ich etwas tiefer graben", schlug D.J. vor.

Die Brüder blickten einander an. Finn stieß sich von der Theke hinter ihm ab und nickte. „Was auch immer du tust, lass es Tante Eileen nicht herausfinden, sonst werden wir alle eine Woche lang nicht sitzen können, egal wie alt wir sind." Das brachte einige seiner Brüder zum Lachen.

„Und was nun?", fragte Adam. „Wir warten einfach?"

Finn nickte. „In der Zwischenzeit behalten wir den Mann im Auge."

Brooks seufzte. „Also gehen wir davon aus, dass er nach all den Jahren zurückgekommen ist, um sich die Frau zu holen, die er sitzengelassen hat?"

„Das ist meine Vermutung." Finn hatte seit der Schimpftirade seines Vaters gestern Abend darüber nachgedacht. Dann erneut heute Morgen zu Hause und später im Café. Nichts anderes ergab Sinn. Wenn er nur über alte Zeiten reden wollte, wäre das auch über das Internet oder das Telefon gegangen. Aber eine Reise durchs halbe Land für ein persönliches Treffen? „Ich meine, was sonst könnte den Mann dazu bringen, bis ins Herz von West-Texas zu reisen?"

KAPITEL FÜNF

„Sie scheint ziemlich angetan von dir zu sein." Eileen hielt Brittany an ihrer Hüfte und behielt Glenn im Auge, während dieser für die kleine Helen, die seine Nase fest im Griff hatte, komische Grimassen schnitt.

„Erinnere mich noch einmal daran. Das ist …?" Er kniff konzentriert die Augen zusammen.

Eileen unterdrückte ein leises Lachen. „Das ist das kleine Mädchen von Brooks und Toni. Brittany hier gehört Ethan und Allison."

„Richtig. Sie sind beide so entspannt. Und vor allem diese kleine hier … ich kann mich nicht erinnern, dass eines meiner Mädchen so fasziniert von meiner Nase gewesen wäre."

Ein paar Sekunden lang ließ Eileen zu, dass ihr ein Anflug von Bedauern den Atem raubte. Wären die Dinge anders gelaufen, hätten sie und Glenn Töchter bekommen? Söhne? Wären sie genauso fasziniert von seiner Nase gewesen wie die Namensvetterin ihrer Schwester? „Es ist sehr nett von dir zu helfen. Aber ich bin mir sicher, dass du nicht zum Babysitten nach West-Texas gekommen bist."

Glenn kicherte und Helen ließ seine Nase los und richtete ihre Aufmerksamkeit nun auf die Stickerei auf seiner Hemdtasche. „Ich muss zugeben, das war nicht das, was ich erwartet hatte, aber ich freue mich, mehr von deiner Familie kennenzulernen."

Sie ignorierte einen weiteren Anflug von Bedauern, schob die Erinnerungen an all die Zeiten beiseite, in denen er ihre Familie nicht treffen wollte, und tat ihr Bestes, um die Stimmung locker zu halten. „Was, hat dir die Hälfte der Farraday-Brut heute Morgen nicht gereicht?"

„Nun", er räusperte sich, „ich gebe zu, dass es manchmal etwas einschüchternd war. Sean sagte nicht viel, aber ich habe bei ihm nicht viel Freude über meine Anwesenheit gespürt."

„Nein." Eileen setzte Brittany in den Laufstall und reichte ihr einen Grahamcracker zum Knabbern. Sean Farraday war ein freundlicher, fürsorglicher und rücksichtsvoller Mann mit einer Hingabe für seine Freunde und Familie, die mit Gold nicht aufgewogen werden konnte. Wenn jemand Unterstützung brauchte, hatte der Mann immer ein freundliches Wort, ein warmes Lächeln oder eine helfende Hand parat. Es gab niemanden im County, der nicht wusste, dass er bei Bedarf auf Sean Farraday und seine Söhne zählen konnte. Nichts davon war bei dem Mann zu erkennen gewesen, in dem es heute Morgen neben ihr gebrodelt hatte. Seit dem Tod seiner Frau hatte sie nicht mehr so viel Dunkelheit in seinen Augen gesehen.

„Bist du in Ordnung?" Glenn legte Helen neben ihrer Cousine auf den Boden.

„Tut mir leid, meine Gedanken schweifen hin und wieder ab." Eileen nahm auf dem Sofa Platz, wobei sie ein Auge auf die Mädchen und das andere auf Glenn richtete. So viel an diesem Mann hatte sich verändert und war doch gleich geblieben. Dieses schelmische Lächeln berührte immer noch ihr Herz. Doch der Mann, der mit dem spielte, was für sie einem Enkelkind am nächsten kam, hatte etwas Ruhigeres, Gelasseneres und Wärmeres an sich. „Du hast mir immer noch nicht erzählt, was dich nach Tuckers Bluff geführt hat."

Glenn nickte, ließ sich auf dem nächsten Stuhl nieder und beugte sich vor. Seine Arme ruhten auf seinen Oberschenkeln. „Ich habe euch erzählt, dass meine Töchter mich davon überzeugt haben, dass ich zu viel Zeit allein zuhause verbringe. Sally war lange krank gewesen."

„Es tut mir wirklich leid das zu hören." Eileen meinte es ernst. Zuerst war sie wütend und verletzt gewesen, dass Sally in so kurzer Zeit ihren Platz eingenommen hatte, aber schließlich war ihr klargeworden, dass ihr Platz auf der Ranch war. Obwohl sie nie damit gerechnet hatte, noch so lange hier zu sein, nachdem die Kinder erwachsen und aus dem Haus waren. Erst als Glenn sprichwörtlich vor der Haustür stand, hielt sie inne und dachte darüber nach, wann sie aufgehört hatte, ihre eigene Zukunft zu verfolgen.

„Danke. Wie auch immer", fuhr Glenn fort, „sie fingen an, mich dazu zu drängen, Kontakt zu alten Freunden aufzunehmen. In den letzten Jahren hatte ich mich von allen abgeschottet. Dann, nachdem sie gestorben war, war es zu schwer für mich gewesen, unsere Freunde wiederzusehen."

Eileen nickte. Sie konnte es sich nur vorstellen. Ohne Helen war ihr das Leben auf der Ranch so seltsam vorgekommen. Anfangs war es ihr in vielerlei Hinsicht schwergefallen, die Dinge zu lernen, die für Helen selbstverständlich gewesen waren.

„Dann erhielt ich einen Anruf von einem Journalismusstudenten, der zufällig ein Jazz-Fan war. Er hatte herausgefunden, dass ich immer noch in der Gegend von Chicago lebte, und bat um ein Interview. Über die alten Zeiten zu sprechen hatte mir nach all den Jahren so großes Vergnügen bereitet. Meine ältere Tochter hatte das bemerkt und überredete mich, einige der Bandmitglieder anzurufen. Es stellte sich heraus, dass es bei weitem nicht so schwer war, wie ich gedacht hätte. Das Internet ist eine erstaunliche Sache."

„Bill hatte ich als ersten gefunden. Schon nach ein paar Minuten unseres Gesprächs hatte ich mich ein wenig wacher und lebendiger gefühlt. Einen nach dem anderen besuchte ich unsere alte Gang, und mit jeder Person, mit der ich sprach, wurde mir klarer, wie recht meine Töchter gehabt hatten. Ich dachte, ich wäre darauf vorbereitet gewesen, Sally zu verlieren, aber ich hatte mich nur verschlossen."

„Du hast also geschafft, alle aufzuspüren?"

„Fast. Ich war sogar in Florida. Scott und Johnny sind immer noch im Geschäft. Sie arbeiten mit einer neuen Sängerin. Ich durfte sogar bei ein paar Songs dabei sein."

„Wirklich?" Eileen verspürte einen seltsamen Anflug von etwas, das an Neid grenzte.

„Ich gebe zu, es war ... schön. Nicht dasselbe wie damals, als wir zusammen waren, aber schön."

„Wie Fahrradfahren?", neckte sie.

„So in etwa. Als sie *Somewhere* sang, fing ich tatsächlich an, unsere damalige Interpretation zu spielen, ohne überhaupt darüber nachzudenken."

Das war eines ihrer Lieblingslieder aus *West Side Story*. Scott hatte einen Weg gefunden, den heißblütigen Jazzrhythmus und das schwungvolle Hin und Her des Bandenkonflikts aus der ursprünglichen Broadway-Show einfließen zu lassen. Diese Interpretation war auch auf dem ersten Album enthalten und brachte ihr einige fantastische Kritiken ein. „Und jetzt bist du hier bei mir."

Er lachte und lehnte sich zurück. „Es war etwas schwieriger, dich zu finden. Zuerst musste ich den Mut aufbringen, mich zu melden."

„So schwierig?" Sie unterdrückte ein Lächeln. War es falsch von ihr, einen Anflug von Genugtuung darüber zu verspüren, dass er wusste, dass es mehr als beschissen gewesen war, wegzugehen, als sie ihn am meisten brauchte, und sich direkt in die Arme ihrer ehemaligen Freundin zu legen?

Er räusperte sich, nickte und ein Anflug von Reue verdunkelte das Leuchten in seinen Augen. „Ich hatte erwartet, dass du vielleicht geheiratet hättest und weitergezogen wärst. Als ich endlich begann, ernsthaft nach dir zu suchen, suchte ich nach Callahan als Mädchennamen. Als ich dich auf keinem der Social-Media-Kanäle aufspüren konnte und sicher war, dass du nicht wieder zum Singen zurückgekehrt warst, wurde mir endlich klar, dass der beste Ort, um dich zu finden, der letzte Ort war, an dem du gewesen bist."

„Und hier bin ich noch."

„Und kümmerst dich immer noch um die Kleinen." Sein sanftes Lächeln verriet ihr, dass diese Worte nicht mit Bosheit ausgesprochen worden waren.

„Es macht mich wirklich glücklich, wieder kleine Kinder um mich zu haben."

„Vermisst du das Singen wirklich überhaupt nicht?"

Überhaupt nicht? Das wäre eine Lüge. In den ersten Jahren konnte sie gewisse Musik nicht einmal hören, ohne sich danach zu sehnen, auf die Bühne zurückzukehren. Irgendwann verschwand dieses Gefühl, als die Trauer über den Verlust ihres Traums und ihrer Schwester im selben Jahr den Freuden von Freunden, Familie und dem Kleinstadtleben wich. Außerdem hatte sie bei Familientreffen, insbesondere bei den großen, lustigen Hochzeiten der letzten Zeit, jede Menge Gelegenheiten bekommen, ihre Mandeln zu kitzeln. Aber vor Publikum zu singen, zu Takten, die nur für sie gespielt wurden, den Rausch der Musik zu spüren, den Applaus, der in ihrem Inneren widerhallte … Erst vor fünf Minuten fiel ihr wieder ein, wie sehr sie das alles geliebt hatte.

„Bis heute", sie schüttelte den Kopf, „nicht wirklich."

Sein Lächeln wurde zu einem verschmitzten Grinsen. „Das bedeutet also, dass du der Idee gegenüber aufgeschlossen bist."

„Welcher Idee?" Ihr Herz setzte einen Schlag aus. Sie war sich nicht sicher, was sie als nächstes hören wollte.

Er rutschte langsam an die Kante seines Sitzes heran und seine Augen leuchteten vor Vorfreude. „Zu singen."

Zu singen? Ein komisches Gefühl breitete sich tief in ihrem Rückgrat aus und kroch langsam nach Norden. „Welche Art von Singen?"

Mit strahlenden Augen richtete sich Glenn auf seinem Sitz auf. „Das öffentlich-rechtliche Fernsehen will eine Show veranstalten, um den Jazzgrößen zu huldigen. Die besten alten und neuen Musiker nehmen teil. Unsere Band, die Originalband, wurde zu einem Reunion-Auftritt eingeladen. Sie wollen, dass wir *Somewhere* auf unsere Art spielen. Leeni – auf deine Art."

Sean wischte sich den Schmutz von den Händen und betrachtete sich im Spiegel. Nicht, dass er sich nicht schon millionenfach im Spiegel gesehen hätte, aber heute studierte er tatsächlich sein Spiegelbild. Er bemerkte die Krähenfüße an seinen Augen. Die leichte Verwitterung seiner Haut durch jahrelange Arbeit unter der glühenden Sonne, im Wind und im Regen. Ein paar graue Haare durchzogen sein ansonsten dunkles Haar. Er lachte leise. Eileen hatte sie als erste bemerkt. Sie nannte sie vornehm. Mindestens fünfzehn Minuten lang war er bei einer Tasse Kräutertee am Küchentisch gesessen, während sie beinahe eine Dissertation darüber hielt, wie unfair es sei, dass graue Haare bei Männern vornehm und bei Frauen einfach nur alt wirkten. Er glaubte nicht, dass sie graue Haare hatte. Er war sich ziemlich sicher, dass sie sich nicht die Haare färben ließ, aber er war sich verdammt sicher, dass sie nicht alt war.

Außerdem war er sich ziemlich sicher, dass Glenn Baker sie nicht eine Minute lang ansah, als wäre sie jemand anderes als die junge Frau, die er beinahe geheiratet hätte. Und obwohl Sean nicht das Recht dazu hatte, gefiel ihm das kein bisschen.

Glenn spritzte sich Wasser ins Gesicht und griff blind nach dem Handtuch am Waschbeckenrand. Er verstand nicht, was los war. Über zwei Jahrzehnte lang hatten er und Sally ein schönes Leben geführt. Sie hatten zwei wundervolle Töchter. Es gab nichts, das er bedauern musste. Und doch kam es ihm wie sein Leben vor, den Nachmittag mit Eileen im Haus ihres Neffen zu verbringen – zu plaudern, auf die Babys aufzupassen. Es wirkte so normal, wie es gewesen wäre, wenn er seinen Kurs beibehalten und Eileen geheiratet hätte. Und war das nicht eine unerwartete Vorstellung? Er war sich nicht sicher gewesen, wie sie die Idee eines Reunion-Auftritts aufnehmen würde. Verdammt, wem machte er etwas vor? Er war sich zuvor nicht einmal sicher gewesen, ob sie überhaupt bereit wäre, ihm ins Gesicht zu sehen, ohne ihm die Augen auszukratzen. Schon vor dem Angebot für den Reunion-Auftritt hatte er gewusst, dass er Eileen noch einmal sehen musste, um sich persönlich dafür zu entschuldigen, dass er ein totaler Idiot gewesen war. Etwas, von dem er befürchtet hatte, dass sie es nicht zulassen würde, da sie nicht auf seinen letzten Brief geantwortet hatte. Das Kribbeln in seinem Bauch, als er sie erblickte, hatte ihn überrumpelt. Sie war immer noch eine schöne Frau. Jeder Mann hätte so reagiert wie er. Aber ihm war nicht in den Sinn gekommen, dass binnen eines Wimpernschlags mehr als fünfundzwanzig Jahre dahinschmelzen könnten und er möglicherweise genau das wollen könnte, was er sich vor so langer Zeit gewünscht hatte. Eileen Callahan.

KAPITEL SECHS

Eileen holte tief Luft, schaltete die Zündung aus, sammelte ihre Handtasche und ihren Verstand und stieg aus dem Auto. *Reunion-Auftritt.* Seitdem sie diese Worte gehört hatte, hallten sie in ihrem Kopf wie ein Hilferuf in einer leeren Höhle wider. Sonst war nichts zu hören. Glenns Aussage hatte sie fast genauso verblüfft, wie die Tatsache, dass er gestern Abend in der Tür des O'Fearadaigh's gestanden war. Weswegen sie praktisch sprachlos war, als Toni nach Hause kam, um sich um die jüngsten Farraday-Mädchen zu kümmern.

In der letzten Stunde ging ihr immer wieder eine Frage durch den Kopf. Wollte sie das tun? *Will ich das?* Sie hatte jetzt keine bessere Antwort als vor Stunden, als ihr Glenn die Frage gestellt hatte. Es gab so viel zu bedenken. Ihre ganze Welt würde sich verändern. Als sie vor dem Ranchhaus stand, das sie seit so langer Zeit ihr Zuhause nannte, schoss ihr eine weitere Frage durch den Kopf. Nicht, ob sie noch einmal singen wollte, sondern ob sie gehen könnte? *Kann ich das?* Sie wusste nur, dass Sean und Finn jeden Moment von der Nachmittagsarbeit zurückkommen würden und sie sich von der Vergangenheit losreißen und sich auf die Zubereitung des Abendessens konzentrieren musste.

Das Geräusch von Bewegung in der Küche überraschte sie. Sie legte ihre Handtasche auf dem

Eingangstisch ab und folgte den Gesprächsfetzen aus der Küche.

„Hallo." Catherine, Connors Frau, winkte Eileen über ihre Schulter zu, während sie einen Behälter in den zweiten Kühlschrank schob. „Ich hoffe, dass es dir nichts ausmacht. Wir hatten keinen Platz mehr in unserem Kühlschrank."

„Natürlich nicht, aber warum all das zusätzliche Essen?"

„Der Kompressor unseres Gefrierschranks ist ausgefallen."

„Oh, oh", murmelte Eileen.

„Nun, es wäre keine so große Sache gewesen, wenn ich es schon früher bemerkt hätte. Es hat mich etwas überrumpelt, als ich heute Morgen den Gefrierschrank öffnete, um das Abendessen herauszunehmen, und feststellte, dass fast alles aufgetaut war."

Eileen musterte die Arbeitsplatte von links nach rechts. „Das ist eine Menge Fleisch."

„Oh, das ist noch gar nichts. Ich habe vier Hackbraten, zwei Schweinekotelett-Aufläufe und einen Schmortopf voller Würstchen und Paprika im Kühlschrank, die darauf warten, dass morgen die neue Gefriertruhe kommt. Ihr seid jetzt stolze Besitzer von zwei Brathähnchen und einem King-Ranch-Auflauf. Ich habe fast den ganzen Tag gekocht. Aber Steaks muss man frisch essen. Ich dachte, ich lasse sie über Nacht im Kühlschrank und wir grillen morgen."

„Das klingt gut." Eileen nickte. „Da wir unter der Woche nur wenige Mäuler füttern müssen, haben wir im zweiten Kühlschrank viel mehr Platz."

Das Geräusch von Stiefelabsätzen auf der Veranda lenkte Eileens Aufmerksamkeit in der Sekunde auf die Hintertür, als Finn diese aufstieß. „Gott, brauche ich heute dringend eine Dusche."

Eileen unterdrückte ein Lächeln. „Niemand hat

gesagt, dass die Führung einer Ranch eine saubere Arbeit sei."

„Nein", lachte Finn tief in seiner Kehle, „ich kann mich nicht erinnern, dass mir das jemals jemand versprochen hat."

„Wo ist dein Vater?" Eileen hatte damit gerechnet, dass der Mann dicht hinter Finn sein würde.

„Wir sind schon vor einiger Zeit fertig geworden. Dad ging zum Duschen rein, ich blieb, um eine der Stuten zu untersuchen, die Probleme mit einem Bein hat. Ich muss Adam morgen einen Blick auf sie werfen lassen."

Catherine beugte sich vor und gab Eileen einen Kuss auf die Wange. „Ich muss los. Wir haben die Bradys heute Abend zum Abendessen eingeladen."

„Umarme Stacey von mir."

„Wird gemacht." Catherine eilte zur Haustür hinaus.

War Eileen wirklich so in sich versunken gewesen, dass sie das Auto ihrer Nichte nicht bemerkt hatte? Das Geräusch des Motors erklang und Eileen schluckte schwer. Sie war definitiv aus dem Lot geraten.

„Sieht so aus, als würden wir Steak zu Abend essen." Geduscht und rasiert kam Sean in die Küche und steckte sein Hemd hinten in seine Jeans.

„Gebackene oder überbackene Kartoffeln?", fragte sie auf dem Weg zur Speisekammer und warf einen Blick über ihre Schulter, als keine Antwort kam. Sie war überrascht zu sehen, dass er am Waschbecken stand und sie schweigend anstarrte.

„Gebacken klingt gut. Und ist einfacher." Er holte eine große Platte aus einem Schrank. „Ich werde anfangen, die Steaks zu würzen."

„Catherine hat dir erzählt, was passiert ist?"

„Ja, ich habe ihr gesagt, sie solle sich keine Sorgen wegen der Steaks machen. Ich würde mich darum kümmern, sobald ich aufgeräumt habe."

Eileen stoppte am Ofen, um ihn einzuschalten, und ließ dann den Sack Kartoffeln auf die Arbeitsplatte fallen. „Ich hoffe, dass alle, die morgen kommen, hungrig sind. Mischst du etwas von deiner –"

„Marinade." Sean nickte. „Gute Idee."

Er holte die Zutaten von der anderen Seite der Küche und stellte sie neben die Spüle, wo Eileen die Kartoffeln wusch und einölte.

„Ich denke, ich koche ein paar mehr und mache morgen zum Sonntagsessen Kartoffelsalat."

„Alle lieben deinen Kartoffelsalat." Während er Worcestershire-Sauce in eine Schüssel goss, erstarrte Sean. „*Ich* liebe deinen Kartoffelsalat."

Eileen blinzelte und spürte ein Lächeln auf ihren Wangen. „Danke. Ich mache etwas mehr."

„Das wäre nett." Dieses Mal wurde sein Nicken von einem trägen Lächeln begleitet, das seine Augen zum Funkeln brachte. „Also, wie war dein Nachmittag?"

„Du meinst, nachdem die halbe Familie vorbeigekommen ist, um mich auszuspionieren? Gut." Eileen trug das Blech mit den Kartoffeln zum Ofen und stellte es hinein, wobei sie vermied die Antworten *anders* und *verwirrend* laut auszusprechen. „Ich war überrascht, dich heute Morgen in der Stadt zu sehen." Sie schloss die Ofentür und bemerkte seine steife Haltung, als sie sich umdrehte.

„Ja." Er seufzte und drehte sich zu ihr. „Diesbezüglich."

„Ich sollte …" Ihre Worte überschlugen sich.

Mit einem gedämpften Lachen versuchten es beide mit einem „Du zuerst" erneut.

Eileen ging zurück zur Spüle und drehte den Wasserhahn auf, um einen der größeren Töpfe zu füllen. „Ich hätte heute Morgen nicht weglaufen sollen."

„Und ich hätte mich um meine eigenen Angelegenheiten kümmern sollen. Es ist nur …" Er machte eine Pause und blickte ihr in die Augen. „Vieles von dem, was nach Grace' Geburt geschehen ist, sehe ich wie verschwommen. Aber ich erinnere mich noch genau daran, dass er dich zum Weinen gebracht hat."

Eileen schälte die Kartoffeln in fast therapeutischer Monotonie und hielt mitten in der Bewegung inne. Sie hatte damals so sehr versucht, ihre Gefühle zu verbergen. Ihren Schmerz. „Weißt du, bis heute bin ich mir nicht sicher, was mehr wehgetan hat. Herauszufinden, dass es sich nicht lohnt, auf mich zu warten, oder herauszufinden, wie leicht ich ersetzt werden kann."

„Vielleicht, weil du in beiden Punkten falsch liegen würdest." Er nahm das Tablett mit dem marinierten Fleisch. „Dein Ex war ein Idiot, weil er nicht erkannt hat, dass es sich lohnt, ewig auf eine Frau wie dich zu warten. Und er ist auch ein Idiot, weil er nicht gelernt hat, dass du unersetzlich bist." Sean wandte sich ab. „Aber es ärgert mich unendlich, dass er nach all den Jahren einfach zurückgekommen ist."

Eileen widmete sich wieder den rhythmischen Bewegungen des Kartoffelschälens. „Ich würde gerne glauben, dass du recht hast. Und es hat mich letzte Nacht auch wahnsinnig geärgert." Was Glenns Rückkehr in ihr Leben anging, war sie sich nicht sicher, was sie davon halten sollte. Überhaupt nicht sicher. So viele Gefühle, alte und neue, wirbelten in ihr herum.

„Aber", Sean schob das Tablett in den Kühlschrank und schloss die Tür, „heute Morgen nicht mehr?"

„Ich war bei der Geburt jedes einzelnen dieser Jungen hier bei dir und Helen. Die Beziehung mit Glenn hielt mich nie davon ab, mir eine Auszeit zu nehmen, um hier zu sein. Mit ihm verlobt zu sein, hatte mich nie aufgehalten. Und wenn ich nach Chicago zurückkehrte, wartete er immer glücklich auf mich. Er hatte sich nie darüber beschwert, dass ich weg war."

„Aber er ist nie mit dir mitgekommen. Heute Morgen habe ich den Mann zum ersten Mal persönlich gesehen."

„Er wollte sich nicht einmischen." Zumindest hatte er das immer gesagt, wenn sie ihn zu einem Besuch einlud. Und sie hatte das nie hinterfragt. Ihre Hände stoppten ihre Bewegungen. Warum hatte sie das nie hinterfragt? Schon lange vor der Tragödie mit ihrer Schwester hätte er den Wunsch verspüren sollen, ihre Schwester und ihre Familie kennenzulernen.

„Nun", unterbrach Sean ihre Gedanken, „er scheint nichts dagegen zu haben, uns alle jetzt kennenzulernen." Er zog ein Messer heraus und begann, neben ihr Kartoffeln zu schneiden.

„Dank Abbie und ihrer schnellen Nachricht an Jamie hatte Glenn kaum eine Wahl, als er mich an der Tür des Cafés traf."

„Es tut mir leid." Sean warf die ersten Kartoffelstücke in den Topf mit Wasser.

„Mir auch. Nach all den Jahren hast du es verdient zu wissen, was los ist. Ich war einfach nicht bereit für Fragen über Glenn oder darüber, warum ich zugestimmt habe, ihn zu treffen."

Sean hörte auf, die nächste Kartoffel zu schneiden und neigte seinen Kopf zur Seite, um sie anzusehen. „Weil du nicht wolltest, dass ich es erfahre, oder weil du einfach keine Antwort hattest?"

Nachdem sie gemeinsam eine Familie großgezogen hatten, sollte sie nicht so überrascht sein, dass dieser Mann sie so gut kannte. „Touché."

„Hast du jetzt eine Antwort?" Er schnitt weiter.

„Nein, aber zumindest weiß ich jetzt, warum er mit mir reden wollte."

Sean unterdrückte einen sarkastischen Kommentar.

„Er möchte, dass ich wieder in der Band singe."

„Singen?“ Für Sean gab es viele Gründe, weswegen ein lüsterner Mann Zeit mit Eileen verbringen möchte. Jahrelang hatte er sich gefragt, warum nicht mehr Männer in der Stadt sie umwarben. Aber das hier, das versetzte ihn in Alarmbereitschaft. „Ich verstehe.“

„Für eine Sondersendung im Fernsehen.“ Sie legte eine weitere geschälte Kartoffel neben ihn.

„Fernsehen?“ Sean erstarrte. Die Worte erschreckten ihn fast so sehr wie die Vorstellung, dass ein Exfreund wie ein Adler auf Eileen herabstürzte und mit ihr davonflog. Der heutige Tag sollte offenbar voller Überraschungen sein. Allerdings steigerte diese letzte pikante Information das Maß von *erschrocken* zu *ein wenig verängstigt*.

Das Erscheinen von Glenn Baker reichte aus, um den Beschützerinstinkt eines jeden Mannes in Alarmbereitschaft zu versetzen. Eileen war eine schöne, warmherzige und sehr kluge Frau. Jedes Mitglied dieser Familie wusste das und noch mehr. Ihr Mut, ihre Hartnäckigkeit. Aber nur er kannte ihren Traum. Den, den sie aufgegeben hatte, um seine Kinder großzuziehen.

Ihr Blick blieb fest auf die Kartoffel gerichtet, die sie gerade schälte. „Ein Hoch auf alle Jazzkünstler und Songwriter.“

Die Knoten, die sich in seinem Magen gebildet hatten, lösten sich ein wenig, da in ihren Worten nichts Dauerhaftes lag. „Also ist es nur eine einmalige Sache?“

„Vielleicht.“

Er hörte erneut zu schneiden auf und mahnte sich zu atmen. „Vielleicht?“

„Einige der ursprünglichen Bandmitglieder sind

immer noch im Geschäft. Glenn nahm an einem Auftritt mit ihnen teil, bevor er mich aufspürte. Sie haben mit dem Gedanken gespielt, die Band wieder aufleben zu lassen."

„Und sie wollen dich?" Er hielt den Griff des Messers fest umklammert und konnte sich nicht dazu durchringen, sich zu bewegen.

Ein Grinsen huschte über ihr Gesicht. „Wir waren verdammt gut."

Dem konnte er nicht widersprechen. Er hatte das Album gehört, das sie aufgenommen hatten. Helen spielte es immer und immer wieder und wiegte die Kinder manchmal zu den Melodien ihrer Tante Eileen in den Schlaf. Sean war tatsächlich ein wenig überrascht, dass sich keiner seiner Söhne daran erinnerte. Oder vielleicht wussten sie nicht, dass die sinnlichen Melodien von der Schwester ihrer Mutter stammten. „Also, das ist es, was du tun willst?"

„Könnte schön werden. Zumindest einmal." Sie sah ihn an und hielt den Sparschäler in die Luft. „Es war schön durch das Gespräch mit Glenn damit abschließen zu können, wie das damals geendet ist. Vielleicht wäre es auch schön, herauszufinden, wie sich der Rest meines Traums entwickelt hätte."

„Ich verstehe." Er schluckte das Unbehagen herunter, das ihm in der Kehle aufstieg. Ihr *Traum*. Ihre *Gabe*. Welches Recht hatte er, dem im Wege zu stehen?

KAPITEL SIEBEN

„Ich wusste immer, dass Tante Eileen wahnsinnig gute Schlaflieder singen konnte." Finn stellte einen weiteren Teller für das Sonntagsessen auf den Tisch. „Aber ich hatte keine Ahnung."

„Ich weiß wirklich nicht, was der ganze Wirbel soll." Ethan folgte Finn und platzierte das Besteck. „Immer wenn sie sang, egal wo und aus welchem Grund, die Leute liebten sie."

Grace stand am Ende des Tisches und faltete Servietten. „Stimmt, aber es ist eine Sache, im Kreise von Freunden und Familie eine schöne Stimme zu haben. Vor Fremden aufzutreten und seinen Lebensunterhalt damit zu verdienen", sie schnalzte mit der Zunge, „das ist eine ganz andere Liga."

Tante Eileen brachte eine große Schüssel ihres speziellen Kartoffelsalats herein. „Ihr müsst aufhören, über mich zu reden, als wäre ich taub oder tot. Ich bin genau hier und Ethan hat recht. Ihr macht alle eine viel zu große Sache daraus. Ja, ich habe meinen Lebensunterhalt mit dem Singen verdient. Keine große Sache." Die Wahrheit war jedoch, dass es für Eileen eine große Sache gewesen war. Schon als sie alt genug war, um mit ihren Freundinnen Radio zu hören, wusste sie, dass sie ihren Lebensunterhalt mit dem Singen verdienen wollte. Das war alles, was für sie zählte – bis Grace kam.

„Was ich wissen möchte", Finn stellte den letzten

Teller auf den riesigen Esstisch, „warum hast du es uns nie erzählt?“

Lächelnd zuckte Eileen mit den Schultern. „Ihr habt nie gefragt. Und Finn …“

Er blickte auf.

„Wir brauchen ein weiteres Gedeck. Glenn kommt zum Abendessen zu uns.“ Sie machte sich nicht die Mühe, sich auf dem Weg zurück in die Küche umzublicken, um die verblüfften Gesichtsausdrücke zu sehen, da sie hören konnte, wie mehrere Kiefer zuschnappten, und spürte, wie die Augen der Anwesenden an ihrem Rücken klebten. Sie musste ihnen die andere Überraschung wohl langsam und vorsichtig überbringen. Andererseits, wo bliebe da der Spaß?

„Du siehst ganz schön selbstzufrieden aus.“ Sean hielt die zweite Schüssel Kartoffelsalat in der Hand und drückte die Kühlschranktür mit der Schulter zu.

„Nicht selbstzufrieden, ich erinnere die Jungs nur daran, dass ich nicht so alt bin, wie sie denken.“

Der Farraday-Patriarch verlangsamte seinen Schritt und blieb neben ihr stehen. „Jung und schön, nichts hat sich geändert.“

„Außer vielleicht, dass du langsam mal zum Augenarzt musst“, kicherte sie.

Einen Schritt näher am Esszimmer, zögerte Sean. Sein Mund öffnete sich, schloss sich und öffnete sich schließlich erneut. „Mein Sehvermögen ist in Ordnung.“ Er wandte den Blick von ihr ab, trug das Essen in den anderen Raum und lächelte Ethan an, als sich ihre Wege kreuzten.

„Brauchst du Hilfe?“, fragte Ethan, als er die Küche betrat.

„Was?“ Eileen blickte zu dem einzigen hellhaarigen Sohn auf, den ihre Schwester geboren hatte. Ethan war inzwischen aus dem Militärdienst ausgeschieden, aber immer noch durchtrainiert und gutaussehend. Die schmale Falte zwischen seinen Brauen verriet ihr, dass er sich Sorgen machte. Ohne Zweifel wegen ihr. Vor allem, da sie mit leeren Händen auf halbem Weg zwischen den beiden Räumen stand und auf die Stelle starrte, wo sich Sean Farraday nur wenige Augenblicke zuvor aufgehalten hatte. „Nein danke. Ich grüble nur, ob ich etwas vergessen habe." Zum Beispiel, ob ihr Schwager jemals erwähnt hatte, dass er sie schön fand?

„Okay. Ich werde nach dem Fleisch sehen." Ethan ging um sie herum, aber die Sorgenfalten zwischen seinen Brauen blieben.

Eileen hatte nur einen Moment lang Zeit, um darüber nachzudenken, was mit ihm los war, bevor Ethans Frau Allison sich mit einem Tablett gegrillter Maiskolben über ihrem Kopf zwischen ihnen hindurchschlängelte. „Piep, piep."

Ethan streckte einen Arm aus, um das Tablett zu stabilisieren, und legte den anderen Arm um die Taille seiner Frau, bevor er ihr einen schnellen Kuss auf die Lippen drückte und ihr ein schelmisches Grinsen zuwarf, das versprach, dass – ohne Publikum – noch mehr folgen würde. „Bist du in Ordnung?"

„Eines Tages werde ich dir eine Schüssel direkt auf den Kopf fallen lassen und wir landen beide in der Notaufnahme." Ihr Tonfall klang seltsam, übermäßig verspielt, als wollte sie etwas verbergen. Eileen konnte es fühlen. Dann blinzelte Allison und nickte unmerklich, und Eileen war sich sicher, dass etwas los war. Und zwar nichts Gutes.

„Notaufnahme, huh." Er zwinkerte und sein strahlendes Lächeln wurde breiter. „Das ist es wert."

„Männer", murmelte Allison, aber das breite Grinsen, das die Heiserkeit in ihrer Stimme ersetzt hatte, verriet, dass sie anscheinend überhaupt nichts gegen sie zu haben schien. Zumindest nicht gegen dieses Exemplar hier.

Vielleicht hatte Eileen zu viel in das kurze Gespräch hineininterpretiert. Wenn etwas wirklich nicht stimmen sollte, konnte sie sich nicht vorstellen, dass es mit einem Augenzwinkern und einem Lächeln abgetan werden würde, nicht einmal bei Ethan.

Jedes Mal, wenn Eileen die Liebe zwischen ihren Neffen und deren Frauen sah, strahlte ihr Herz vor Glück. Sie fragte sich unwillkürlich, ob es auch so gestrahlt hatte, als sie mit Glenn zusammen gewesen war. Hatte er sie so angesehen, wie Ethan jede Bewegung von Allison mit einem Lächeln verfolgte, das seine Augen wie den Polarstern funkeln ließ? Könnten sie vielleicht noch eine Chance haben?

Das Läuten der Türklingel riss sie aus ihren Gedanken. Sie hatte in den letzten zwei Tagen viel zu viel nachgedacht. Zu sehr in der Vergangenheit gelebt.

Begleitet von nicht weniger als vier der sechs Farraday-Söhne näherte sich Glenn vorsichtig mit einer Flasche Pino Grigio.

„Du hast dich erinnert." Sie versuchte mit aller Kraft, den Kloß herunterzuschlucken, der sich plötzlich in ihrem Hals festsetzte.

Glenn zuckte mit den Schultern. „Ich habe gehofft, dass das immer noch dein Lieblingswein ist."

„Ist er." Zum ersten Mal seit zwei Tagen machte ihr Herz einen kleinen Sprung. Einen Sprung, den sie seit sehr, sehr langer Zeit nicht mehr gespürt hatte.

„Das Abendessen ist fast fertig." Sean ging in die Küche. Er strauchelte kurz und sein Lächeln verschwand für einen Moment, bevor er sich lässiger bewegte und strahlender lächelte. „Willkommen. Wie magst du dein Steak?"

„Medium." Auf Glenns Gesicht zeichnete sich ein Anflug von Verwirrung ab.

Sie konnte es ihm nicht verdenken. Dieser warmherzige und freundliche Sean, der Mann, den jeder liebte und respektierte, war nicht der grüblerische, schweigsame Mann, der sich gestern mit ihnen eine Nische im Café geteilt hatte.

„Gut." Sean hielt das einladende Lächeln aufrecht, das seine Augen nicht ganz erreichte. „Ich sage es D.J.. Er und Connor sind heute für den Grill verantwortlich."

Eileen deutete mit dem Kinn zur Hintertür und tat so, als wäre es ein ganz normales Sonntagsessen und der Mann, den sie fast geheiratet hätte, stünde nicht an ihrer Seite. „Stell sicher, dass sie auf das Fleisch achten und ihre Frauen nicht ständig anstarren. Als wir D.J. und Becky das letzte Mal die Verantwortung für den Grill überließen, waren alle Steaks wie Schuhsohlen."

„Ja, Ma'am." Sean salutierte mit einer Hand und riss mit der anderen die Tür auf.

„Möchtest du etwas trinken?" Finn trat hinter Glenn heran.

„Nein, danke, im Moment passt alles."

„Bist du sicher? Tante Eileen macht eine tolle Limonade und Dad hält den Kühlschrank mit einer Auswahl von Bieren aus der neuen Brauerei in der Stadt bestückt."

„Vielleicht später."

Finn nickte und suchte den Tresen ab. „Sieht so aus, als ob wir jetzt nur noch die Steaks brauchen."

„Tut mir leid, dass wir zu spät kommen", rief Jamie von der Haustür aus.

„Los, los." D.J. kam durch die Hintertür. „Nehmt Platz. Brutzelndes Rindfleisch ist auf dem Weg."

Connor folgte ihm. „Ich habe die Well-Done-Steaks für die Fleisch-Verräter."

„Ich schätze, es ist gut, dass ich meines medium wollte", flüsterte Glenn ihr zu.

„Sie hätten dir vergeben", kicherte sie. Vielleicht.

Nachdem alle Erwachsenen, Gäste und Kinder

endlich Platz genommen hatten, folgte der nächste Tumult. Hastig wurden die Teller mit Speisen durchgereicht, wobei die erwachsenen Brüder sich benahmen, als wollten sie sich gegenseitig mit ihren Gabeln erstechen, so wie sie es schon mit acht Jahren gemacht hatten. Doch letztendlich kehrte Ruhe ein, als Sean das Tischgebet sprach.

Die Gespräche zwischen Geschwistern und Cousins kämpften mit dem Lärm von Besteck, das über Teller kratzte, und leisen Einzelkommentaren, die gehört werden wollten. Nachdem jeder ihrer Neffen Glenn mit Fragen über das Leben eines Musikers auf Tour überhäuft hatte, wechselte das Thema zu Tante Eileens Tourneeleben. Doch mit ein wenig geschickter Ablenkung gelang es Eileen, das Gesprächsthema wieder auf die Kinder zu lenken.

Glenn konzentrierte sich auf Joanna, Finns Frau und Autorin. „Ich bin unglaublich beeindruckt. Ich kann kaum zwei Wörter zu einem Satz zusammenfügen.“

Joanna schüttelte den Kopf. „Aber du machst wunderschöne Musik.“

„Ich mache Musik, ja. Wie schön sie klingt, liegt wohl im Ohr des Zuhörers.“

Fast jeder am Tisch lachte über die Abwandlung des alten Sprichworts.

„Aber“, fuhr er fort, „ich schreibe sie nicht, sondern spiele sie nur. Du hingegen webst Geschichten, die den Geist fesseln.“

„Das bleibt abzuwarten“, sagte Joanna leise.

Eileen blickte ihre angeheiratete Nichte stirnrunzelnd an. „Was meinst du? Dein Buch über die Geisterstädte und Sadieville, oder Three Corners, wie es offiziell hieß, war ein großer Erfolg.“

„Das liegt nur daran, dass die Stadt eine so bewegte Geschichte hat. Ich nehme an, es ist wie bei Glenns

Musik. Ich habe die Geschichte nur wiedergegeben, ich habe sie nicht erschaffen."

„Unterschätz dich nicht." Finn ließ seinen Arm über die Schulter seiner Frau fallen und strich mit seinem Daumen sanft über ihren Arm. „Wenn ich dieselben Geschichten auf meine Weise erzählen würde, könnte ich damit den ganzen Raum einschläfern."

„Geisterstädte?", fragte Glenn. „Klingt faszinierend."

„Hier um die Ecke", warf Eileen ein.

„Wirklich?"

„Die Gegend ist ziemlich geschichtsträchtig. Unsere eigene Chicken Ranch", sagte Eileen mit so viel Stolz, als würde sie die Beziehung zu einer renommierten Universität und nicht zu einem Bordell verkünden.

Glenns Brauen wanderten hoch auf seinem Kopf. „Chicken Ranch? Wie in *Das schönste ... Freudenhaus*?"

„Schau nicht so erstaunt. Es war schließlich eine wahre Geschichte." Eileen unterdrückte ihr eigenes Lachen.

„Oh, das muss ich lesen."

„Das geht noch besser." Bevor Eileen ihren Satz beenden konnte, bemerkte sie, dass die Hälfte der Augen im Raum weit aufgerissen war. Sie konnte fast hören, wie die Kiefer ihrer Verwandten aufklappten. „Wir können uns die alte Geisterstadt ansehen."

„Oh." Joanna quietschte fast. „Ja, Three Corners ist ziemlich intakt. Ein bisschen schmutzig, ein bisschen staubig, aber wenn man Geschichte mag, könnte es Spaß machen."

Finn warf D.J. einen kurzen Blick zu. „Natürlich sollte einer von uns mitkommen. Wegen der Schlangen."

„Unsinn." Eileen winkte ab und blickte Glenn an.

„Bist du morgen noch hier?“

Glenn lächelte sie an. „Wie kann ich die Chance, eine echte Geisterstadt zu sehen, ausschlagen?“

„Dann fahren wir morgen hin.“

„Wenn ihr noch einen Tag warten könnt“, sagte D.J., „kann ich mit euch fahren. Ihr wisst schon, wegen der Schlangen.“

Joannas Gesicht verzog sich ein wenig. „Die waren wirklich ein kleines Problem.“

„Sei nicht lächerlich.“ Eileen blickte ihren Neffen stirnrunzelnd an. „Ich lebe hier lange genug, um mit einer kleinen alten Schlange klarzukommen.“

„Oder zwei“, fügte Joanna hinzu.

„Oder zwei“, stimmte Eileen zu.

Glenn nickte seiner ehemaligen Verlobten zu. „Für mich okay.“

„Dann morgen.“ Eileen warf ihren Neffen auf der anderen Seite des Tisches einen bösen Blick zu, der sagte, sie sollten ihr nicht erneut widersprechen.

Glenn lächelte sie an. „Ich denke, der Besuch der Geisterstadt wird spitze.“

Eileen ignorierte ihre Neffen und grinste Glenn an. Das dachte sie auch. *Oder etwa nicht?*

KAPITEL ACHT

Trotz der momentanen Meinungsverschiedenheit darüber, ob Eileen und Glenn für ihren Sightseeing-Tag eine Begleitperson brauchten oder nicht, verlief der Rest des Sonntagsessens reibungslos. Es überraschte Eileen tatsächlich, wie gut Glenn dazuzupassen schien. Er scherzte mit ihren Neffen, spielte mit den Kleinen. Sie kam nicht umhin, sich noch einmal vorzustellen, wie ihr Leben verlaufen wäre, wenn Helen nicht von ihnen gegangen wäre.

„Jetzt, da nur noch die Familie hier ist", Ethan ging zu seiner Frau, die gerade das Geschirr wegräumte, und legte einen Arm um ihre Taille, „gibt es eine neue Entwicklung, über die ihr alle Bescheid wissen müsst."

Ohne den mürrischen Gesichtsausdruck der beiden hätte Eileen gewettet, dass ein neuer Farraday dem Clan hinzugefügt werden würde. Stattdessen bereitete sie sich auf das vor, was Ethan dieses Stirnrunzeln bescherte.

„Erzähl mir bitte nicht, dass Tante Eileen noch einen anderen Mann im Schrank versteckt hat?" Grace bemühte sich um einen Anflug von Humor, bis Sean seiner Tochter einen vorwurfsvollen väterlichen Blick zuwarf, der dazu führte, dass sie sich reumütig zu ihrem Ehemann schlich. „Tut mir leid, Tante Eileen."

„Muss es nicht", antwortete Eileen. Glenn musste für alle eine echte Überraschung gewesen sein. „Ich verspreche, euch alle rechtzeitig zu warnen, wenn das nächste Mal eine alte Flamme anruft."

Sean verschluckte sich fast an seinem Kaffee. Ein paar ihrer Neffen machten große Augen und Meg und Toni warfen ihr ein verschmitztes Grinsen zu.

Grace zitterte fast, da sie sich das Lachen verkneifen musste, und nickte ihrer Tante zu. „Abgemacht."

Allison tat ihr Bestes, um über die Neckereien zu lächeln, und lehnte sich an ihren Mann. „Ich wünschte, es wäre so. Diesmal ist es Fancy."

Das erregte die Aufmerksamkeit der Menge. Alle Personen im Raum standen kerzengerade da. Jeglicher Sinn für Humor und Neckereien war verschwunden.

„Was ist mit ihr?", fragte D.J..

Allison sah zu Ethan. Er nickte und drückte sie an sich. „Ich höre nicht oft von ihr. Einige von euch erinnern sich vielleicht daran, dass die einzigen Nachrichten, die ich von ihr erhalten hatte, als ich damals nach Texas kam, zwei Textnachrichten mit den Worten *Ich kann das nicht machen* und später *Ich habe meine Meinung geändert* waren."

„Richtig", D.J. nickte. „Da habt ihr zwei beschlossen, zusammenzuarbeiten, um sicherzustellen, dass Fancy das Sorgerecht für Brittany nicht zurückbekommt."

„Ja." Sie streckte ihren Arm aus, ergriff die freie Hand ihres Mannes und drückte sie. „Alles, was ich seitdem erhalten habe, waren ein oder zwei Postkarten, nachdem ihre Country-Gruppe ein paar Hits im Radio hatte."

„Sie sind eigentlich ziemlich gut", fügte Grace hinzu. „Ich habe ein Album gekauft."

„Sie hat eine schöne Stimme." Allison lächelte einen Moment. „Heute Morgen hat sie angerufen, während ich operiert wurde." Sie holte noch einmal tief Luft. „Sie hat mir eine Voicemail hinterlassen. Heute Abend treten sie in Dallas auf."

„Wirklich?", fragte Meg leise.

Allison blinzelte heftig, bevor sie sich wieder der Familie zuwandte. „Von dort aus wird sie nach Tuckers Bluff kommen."

„Sie kann Brittany nicht zurückbekommen …" Ein Anflug von Panik schwebte in Tonis Worten. „Oder doch?"

Kaum hatten die Worte Tonis Mund verlassen, wandte sich Eileen zu Sean auf der anderen Seite des Raumes. Ihre Blicke trafen sich und sie konnte die gleiche brennende Besorgnis in seinen Augen lesen, die auch ihr Herz erfasst hatte und wie in einem Schraubstock zusammendrückte. Sie durften Brittany nicht verlieren.

Grace hob die Hände, als wollte sie all ihre unausgesprochenen Ängste zerstreuen, und schüttelte den Kopf. „Davon gehe ich nicht aus. Sie hat nicht nur ihre Rechte abgetreten, sondern auch ihre Tochter – ihre kleine Tochter – in einer Kiste vor dem Polizeirevier ausgesetzt."

„Dem Polizeirevier", betonte D.J..

„Für einen Richter ist das egal", bellte Grace zurück. „Dennoch weiß ich nicht, ob sie Anspruch auf Besuchsprivilegien hätte. Wenn sie wieder ein geregeltes –"

„Sie ist Musikerin. Tourt von Stadt zu Stadt", unterbrach D.J.. „Geregelt ist nicht das erste Wort, das mir da in den Sinn kommt."

„Was denkst du?" Brooks wandte sich an Ethan.

„Ich weiß es nicht." Ethans Seufzer klang schwer. „Ich weiß es wirklich nicht."

„Es ist kein Problem, bis es ein Problem ist." Sean hatte diese Worte im Laufe der Jahre mehr als einmal gemurmelt. Und Gott möge ihnen beistehen, denn sie konnte sich nicht erinnern, dass er mit seiner Besorgnis auch nur ein einziges Mal falschgelegen hatte. Steif an der Wand der Speisekammer stehend, presste Sean die Lippen fest aufeinander.

Dem Drang zu widerstehen, den Raum zu durchqueren und sich neben ihn zu stellen, erwies sich als schwieriger als erwartet. Jahrelang waren sie für die Kinder eine vereinte Front gewesen, aber ab jetzt müsste sie sich möglicherweise an eine völlig neue Familiendynamik gewöhnen. Wie sollte sie sich dabei nur fühlen?

„Das sollte Spaß machen", sagte Rick, der vielseitige Gelegentlich-Keyboarder, Gelegentlich-Sänger und Hauptsächlich-Schlagzeuger von Tow the Line, vom Rücksitz aus.

Fancy hatte keine Ahnung, wo sich in dieser trockenen Landschaft in Texas Potential für Spaß verbergen könnte. Trotzdem war sie froh, dass es für das einzige andere Bandmitglied neben Garrett ausreichte, um an diesem Teil der Reise teilzunehmen. Vom Fahrersitz aus warf Garrett Fancy einen schrägen Blick zu. Sie wusste, dass er sie beruhigen wollte, aber als sie an dem schmuddeligen Motel am Stadtrand von Butler Springs vorbeifuhren, wurde ihr bewusst, wie nahe sie der Konfrontation mit ihrer Vergangenheit – und hoffentlich auch ihrer Zukunft – gekommen war.

Rick fuhr fort: „Ich meine, man liest viel über texanische Viehzüchter, Cowboys und Viehtriebe und stellt sich dabei John Wayne oder Clint Eastwood auf einem Pferd vor. Aber näher als den großen Statuen in der Innenstadt von Dallas bin ich noch nie einem Viehtrieb gekommen."

„Näher als diesen Bronzeskulpturen in Dallas wirst du vermutlich auch keinem Viehtrieb kommen. Wir besuchen nur ihre Schwester und nehmen keine Arbeit als Kuhtreiber an." Garrett war das einzige Mitglied der Band, das wusste, warum der bevorstehende Besuch ihrer Schwester Fancy so nervös machte. Alle anderen dachten nur daran, zu singen und auf Tour zu gehen, und nahmen sich selten die Zeit, für einen Besuch nach Hause zu fahren. Für so viele Musiker war das leider die traurige Realität. Aber nur Garrett war an Brittanys Geburtstag bei Fancy gewesen, als sie nach einem Glas Wein zu viel zusammengebrochen war und dem besten Freund, den sie seit einer gefühlten Ewigkeit hatte, von dem kleinen Mädchen erzählte, das sie in Tuckers Bluff zurückgelassen hatte, damit es von dem nettesten Fremden aufgezogen werden würde, den sie jemals getroffen hatte.

So viel hatte sich seit jenem Tag verändert, als sie in ihrer alten Rostlaube aus Tuckers Bluff, aus Texas und fast vor ihrem Leben geflohen war.

„Einen Penny für deine Gedanken?" Sean betrat das Wohnzimmer, nicht ganz sicher, ob er die Antwort auf diese spezielle Frage wissen wollte.

Eileen zeigte ihm den Gegenstand, den sie in ihren Händen gehalten hatte. Ein Foto von Ethan und Allison am Tag von Brittanys Taufe. „Sie sind eine gute Familie."

„Ja, das sind sie."

„Ich möchte nicht, dass sie das verlieren. Wir können nicht zulassen, dass Allisons Schwester Brittany bekommt."

„Nein." Sean sank neben Eileen auf das Sofa. „Aber wir wissen nicht, was sie will, und es macht keinen Sinn, ein Problem zu lösen, bevor wir wissen, dass wir ein Problem haben." Er legte das gerahmte Foto auf den Couchtisch und warf einen Blick auf das aufgeklappte Album daneben. „Das habe ich seit Jahren nicht mehr gesehen."

Eileen schluckte und nickte. „Ich erinnere mich, dass ich so müde war. Helen erzählte mir immer, dass Gott so klug ist, schwangere Frauen nicht die ganze Nacht durchschlafen, sondern mindestens ein oder zwei Mal aufwachen zu lassen, um auf die Toilette zu gehen. Sie nannte das Trainingscamp für zukünftige Mütter."

„Ich erinnere mich." Jahrelang verursachte die bloße Erwähnung von Helen einen so starken Schmerz, dass er glaubte, er würde nie verschwinden. Er hätte nie geglaubt, dass einmal der Tag kommen würde, an dem er ohne eine Spur des Schmerzes über die Erinnerungen lächeln könnte. „Es tut mir leid, dass ich nicht schon früher eine Hilfe war."

Eileen schüttelte den Kopf, winkte ab und wandte sich wieder dem Album zu.

„In manchen Nächten, wenn ich mit Grace auf und ab ging und dachte, dass ich es nie schaffen würde, mit diesem süßen kleinen Baby klarzukommen, schaute ich mir dieses Album an und konnte hören, wie Helen zu mir sagt: *Verwirkliche deinen Traum. Wenn irgendjemand alle Widrigkeiten überwinden kann, dann meine kleine Schwester.* Und das tat ich. Ich lernte, Drinks zu mischen, Getränke zu servieren, Tische zu bedienen, den Abwasch zu erledigen und alles, was die Rechnungen bezahlte. Irgendwann kamen die Gesangsauftritte. Ich habe den ganzen Tag gearbeitet, die ganze Nacht gesungen und bin am nächsten Tag aufgestanden und habe wieder von vorne angefangen. Dann irgendwann musste ich nur noch die ganze Nacht singen. Ich hatte es geschafft. Ich hatte meine Traumkarriere."

„Helen war so stolz auf dich. Das waren wir beide.

Du hast es weit gebracht, seit du dieses sechzehnjährige Mädchen warst, das mit einer Schar von Teenagern herumreiste und die ganze Zeit kicherte."

„Daran erinnerst du dich?"

„Schwer, es nicht zu tun. Ich hatte nur zwei ältere Cousins, die in Austin lebten. In meiner Familie gab es keine Mädchen im Teenageralter. Sagen wir mal so, du und deine Freundinnen haben einen Eindruck hinterlassen."

„Ich denke, es hätte schlimmer kommen können. Wir hätten dich abschrecken können."

„Keine Chance. Du weißt, wie viel Arbeit in der Leitung einer Ranch steckt. Ich war genau wie Finn. Lebte und atmete für diesen Ort, wie zuvor auch schon mein Vater. Ich war so verärgert, dass er darauf bestand, dass ich aufs College gehe." Sean hielt einen Moment lang inne und erinnerte sich an den Tag, an dem er Helen im Unterricht gegenübersaß und unverzüglich erkannte, dass er seinem Vater zu Dank verpflichtet war, weil er so ein sturer alter Trottel war. „Wie auch immer, als Helen und ich entschieden, uns eine gemeinsame Zukunft aufzubauen, wollte sie, dass ich mehr Zeit mit deiner Familie verbringe. Ich wusste nicht warum, aber jedes Mal, wenn wir zu Besuch kamen, sei es wegen eines Familienessens oder eines langen Wochenendes, war das Haus immer voller kichernder Teenager."

Eileen verdrehte die Augen. „Der Grund, warum wir immer ein Haus voller Mädchen hatten, war, dass jede meiner Highschool-Freundinnen Hals über Kopf in dich verknallt war. Wenn ich also erwähnte, dass Helen mit ihrem Freund, dem Texas-Cowboy, nach Hause kommen würde, gab es für keine meiner Freundinnen einen Ort, an dem sie lieber wäre als in unserem Haus."

„Du veräppelst mich?"

„Nein. Und um die Wahrheit zu sagen", Eileen

hielt ihre Hand hoch und drückte ihre beiden Finger fast zusammen, „vielleicht war ich auch ein kleines bisschen in dich verknallt."

„Jetzt weiß ich, dass du mich auf den Arm nimmst."

„Vielleicht. Vielleicht auch nicht." Eileen zuckte mit den Schultern und zeigte auf das Album. „Aber wenn ich mir diese Erinnerungsstücke an meine Karriere ansehe, die Helen gesammelt hat, und mich an ihre Worte erinnere und daran, wie sehr sie an mich geglaubt hat … Ich wusste nicht nur, dass ich für Grace und die anderen Kinder das Richtige tun musste, ich konnte auch hören, wie Helen mir sagte, dass ich dazu auch im Stande sein würde."

„Mehr als nur im Stande. Du warst die Mutter, die meine Kinder brauchten. Das Rückgrat, das diese Familie brauchte, und", er suchte nach den richtigen Worten, aber keine schienen gut genug zu sein, „so viel mehr. Danke."

Eileen starrte ihm in die Augen und Sean könnte schwören, dass er spürte, wie sein Herz tief in seiner Brust hämmerte. *So viel mehr.*

KAPITEL NEUN

„**D**eine Familie hat wegen der Schlangen gescherzt, oder?"

Eileen wandte kurz den Blick von der Straße ab und sah Glenn an. „Nein."

„Verstehe." Der Ausdruck völligen Entsetzens auf seinem Gesicht war fast zum Lachen. „Was machen wir, wenn wir, ähm, eine sehen?"

„Sie erschießen." Sie warf ihrem Beifahrer einen weiteren flüchtigen Blick zu und unterdrückte ein Lächeln. Noch nie zuvor hatte sie tatsächlich jemanden gesehen, der so kreidebleich war. „Mach dir keine Sorgen. Ich treffe, auf was ich ziele."

Diesmal wurden seine Augen so groß und weit, dass sie ein paar Sekunden lang darüber nachdachte, ob seine Augäpfel aus seinem Kopf ploppen könnten. „Du kannst schießen?"

Kichernd nickte Eileen. „Sehr gut."

„Verstehe." Sein Blick richtete sich wieder auf die Straße vor ihm und es herrschte noch einen langen Augenblick Stille. „Ich bin mir nicht sicher, was mich nervöser macht: eine Klapperschlange oder du mit einer Waffe. Hast du eine mitgebracht?"

„Das ist West-Texas. Wenn man seine Ranch ohne ein Gewehr verlässt, ist das so, als würde man in einem Truck ohne Benzin losfahren."

Sie konnte fühlen, wie sich sein Blick in sie brannte. „Was kannst du sonst noch? Ich meine, was du vorher nicht gemacht hast?"

„Nun", sie atmete aus und neigte nachdenklich den Kopf, „ich denke, das Wichtigste ist, dass ich weiß, wie man kocht und zwanzig oder mehr Menschen durchfüttert."

„Das ist mir aufgefallen. Auch wenn die Steaks draußen gegrillt wurden, konnte ich sehen, wer tatsächlich die Küche leitet. Außerdem haben einige Leute bei der Erwähnung deines besonderen Kartoffelsalats buchstäblich gejubelt."

„Dazu braucht es nicht viel."

Er schien sich ein wenig auf seinem Sitz zu entspannen. „Auf jeden Fall besser als früher."

„Stimmt." Sie kicherte etwas lauter, als sie sich daran erinnerte, wie oft ihre Mahlzeiten früher anbrannten.

„Was sonst noch?"

„Ich kann auch reiten, ohne herunterzufallen. Ich kann bei der Geburt von Kälbern und Fohlen helfen, auch wenn ich das selten muss. Vor allem mit Adam in der Familie. Seit er keine Windeln mehr trägt, kümmert er sich um jedes kranke Tier."

„Ich bin beeindruckt. Ich fürchte, wenn du mich auf ein Pferd setzt, falle ich auf der anderen Seite wieder herunter."

„Ja so etwas passiert." Sie widerstand dem Drang, sich die Hüfte zu reiben, die schon öfter auf dem harten texanischen Boden aufgeschlagen war, als ihr lieb war. „Aber es ist nicht so schlimm, wenn man erst einmal den Dreh raushat."

„Und du hast den Dreh raus?"

„Ja." Wie lange es gedauert hatte, bis sie nicht mehr erschrak, wenn sie Tiere sah, die doppelt so groß waren wie sie und wie ein kleines Boot in einem Sturm schaukelten, wenn sie sich bewegten, war eine Geschichte für ein anderes Mal.

„Und du magst es?"

„Ja. Ich liebe mein Leben hier." Ihre Jungs und Grace. Es hatte Jahre gedauert, aber letztendlich hatte sie sich an den Dreck, den Staub, den Mist und die harte Arbeit gewöhnt.

„Und die Musik?"

Ja. Was war mit der Musik? „Ich würde lügen, wenn ich sage, dass mich diese Gelegenheit nicht … fasziniert."

„Ich denke, fasziniert klingt besser als ein klares Nein."

„Hast du erwartet, dass ich Nein sage?"

„Du hast nicht Ja gesagt." Er rutschte auf seinem Sitz herum und neigte sich mehr in ihre Richtung. „Ich versuche schon die ganze Zeit, dich einzuschätzen. Manchmal denke ich, dass du das wirklich tun willst, und manchmal denke ich, dass ich dich völlig falsch einschätze und es dich nicht weniger interessieren könnte. Und manchmal bin ich mir nicht sicher, ob du dem überhaupt Beachtung zollst."

Das tat sie. Meistens. Bis auf den Teil ihres Geistes, der ganz klar im County, in Tuckers Bluff lag und sich fragte, ob etwas in den Sternen all diese unerwarteten Besucher in die Stadt lockte. Und ob sich der unerwartete Besuch von Fancy als Sängerin als Problem erweisen würde.

„Wie jetzt." Glenn richtete sich auf. „Eileen?"

Der Klang ihres Namens holte ihre Gedanken ins Hier und Jetzt zurück. „Ja?"

„Du bist hier, aber deine Gedanken sind woanders. Willst du es mir erzählen?"

Wollte sie? Einst hätte sie diesem Mann alles erzählte. Aber jetzt hatte sie keine Ahnung. Und selbst wenn sie zum Reden geneigt wäre, hatte Sean es bereits am besten ausgedrückt: *Es gibt kein Problem, bis es ein Problem ist.* Was auch immer in Tuckers Bluff passierte, konnte also ohne sie bewältigt werden. Alle Beteiligten waren mündige und intelligente Erwachsene. Zumindest Ethan und Allison. Für die Frau, die ihr Kind in einer Kiste aussetzte, konnte sie nicht sprechen. So oder so würde Grübeln keinen Unterschied machen. Ihre Neffen und auch deren Frauen waren keine kleinen Kinder mehr, bei denen ein Kuss von Tante Eileen oder ein Pflaster alles gut werden ließ. Nein, die Kinder mussten ihre Probleme selbst lösen, auch wenn sie Fancy gerne fesseln und im Schrank einsperren wollte, bis Brittany einundzwanzig war.

„Eileen?", wiederholte er.

Sie blinzelte. Zweimal. „Ja. Ich dachte nur daran, dass Ethan und all die anderen erwachsen sind."

Glenn kicherte. „Sah für mich so aus."

Erwachsen und verheiratet und mit eigenen Familien, für die sie sorgten. Sie sollten und konnten ihre eigenen Probleme ohne ihre Einmischung lösen. Vielleicht war Glenns Ankunft ein glücklicher Zufall. Vielleicht wollte ihr das Schicksal mit Fancy zeigen, dass ihre Jungs sie nicht mehr brauchten. Ihr zeigen, dass es an der Zeit war, endlich ihr eigenes Leben zu leben.

Glenn wartete geduldig und schweigend und beobachtete lediglich, wie sie ihre Gedanken ordnete. Das war eine der Sachen gewesen, die sie einst an ihm geliebt hatte. Sie konnte sein, wer sie sein wollte. Tun, was sie tun wollte. Bis es ihm zu viel wurde, dass sie so lange bei ihrer Schwester blieb. Doch all das Grübeln half ihr nicht dabei, sich zu entscheiden. Welches Leben wollte sie führen? Es gab nur eine Möglichkeit, das herauszufinden. Und der Besuch einer Geisterstadt war ein genauso guter Anfang dafür wie jeder andere auch.

„Hast du gut geschlafen?“ Meg stand neben ihrem Mann und hielt ein Tablett mit warmen Muffins.

„Ja.“ Fancy hoffte, dass die Besitzerin des Bed-and-Breakfasts nicht besonders aufmerksam war. Ihre positive Reaktion würde nur schwer über die dunklen Ringe unter ihren Augen hinwegtäuschen, die nicht nur von einer, sondern von mehreren Nächten herrührten, in denen sie sich ständig hin und her gewälzt hatte. „Das ist ein schönes Haus.“

Meg strahlte. Ihr Mann, Ethans Bruder und Brittanys Onkel, blieb unleserlich.

„Die sind fantastisch“, murmelte Rick mit dem Mund voller Blaubeermuffins.

„Meine Schwägerin hat sie gebacken.“

„Schwägerin?“ Sicherlich nicht ihre Schwester. Allison war brillant, aber sie hatte nie Interesse an der Küche gezeigt. Außerdem, welche Chirurgin backte für ein Bed-and-Breakfast?

Meg nickte. „Toni. sie ist mit Brooks, dem Bruder meines Mannes, verheiratet.“

Fancy ging ihre Erinnerungen durch und tat ihr Bestes, um herauszufinden, welcher der sechs Brüder Brooks war.

Rick griff nach einem zweiten Muffin und stöhnte laut. „Hat sie eine Schwester?“

„Ja, aber soweit ich weiß, kann sie überhaupt nicht backen.“

Rick schüttelte den Kopf. „Schade, das hätte wahre Liebe sein können.“

Fancy hatte keinen Appetit. Bisher hatte sie ihre Eier mit dem Sirup des French Toasts gemischt, glaubte aber nicht, dass sie tatsächlich einen Bissen vom Frühstück gegessen hatte. In Gedanken zählte sie die Minuten bis zur Ankunft ihrer Schwester. Der Anruf gestern Abend, um Allison darüber zu informieren, dass sie Tuckers Bluff wohlbehalten erreicht hatte, war brutal gewesen. Allison war zurückhaltend und freundlich geblieben, und die wenigen Worte, die sie gesprochen hatte, um das Treffen am heutigen Morgen zu arrangieren, hatten gekünstelt gewirkt.

Mit jedem Ticken der Uhr hatte sie weniger Lust, etwas zu essen. Aber jetzt, nach all dem Gerede über Muffins, dachte sie, dass sie doch einen Happen vertragen könnte.

„Mit etwas Butter schmecken sie noch besser." Meg stellte ein frisches Blech auf den Tisch. Ihre Gastgeberin war gestern Abend, als sie eingecheckt hatten, höflich und zurückhaltend gewesen. Eine subtile Geste, die Fancy klar und deutlich sagte, dass die Frau wusste, wer sie war. „Ich gebe zu, nach Tonis Mimosa-Törtchen sind mir das die Liebsten."

Okay, nach dem ersten Bissen, war auch Fancy ein Fan. „Vielleicht könnte Neil ein Lied darüber schreiben."

Garrett zuckte mit den Schultern. „Wenn er einen Cowboy und ein gebrochenes Herz hinzufügt, könnte das ein Hit werden."

„Und tolle Werbung für die Stadt." Meg lachte, das erste Anzeichen auf die unbeschwerte Person, die ihre Reservierung entgegengenommen und über ihre kleine Stadt gesprochen hatte.

„Oh, und einen Hund", fügte ein anderer Gast hinzu. „Der muss auch hinein!"

Der Raum füllte sich mit noch mehr Gelächter, als die Standuhr im Flur die Stunde schlug. Die lockere Stimmung, der Fancy sich zwei Minuten lang hingegeben hatte, verschwand. Mit nahezu militärischer Präzision öffnete sich quietschend die Haustür und Schritte hallten den Flur entlang. Garrett warf ihr einen zuversichtlichen *Du-schaffst-das*-Blick zu. Sie betete heute mehr als an jedem anderen Tag zuvor, dass er recht hatte und dass diese Reise ausreichen würde, ihr das zu geben, was sie sich immer gewünscht hatte.

Eine Wand der Solidarität in Form des Vaters ihrer Tochter, der die Hand ihrer Schwester hielt, kam durch die Tür. Fancy stand auf und ließ ihre Hände über ihren Jeansrock gleiten. „Hallo Allison."

Ihre Schwester stand gerade und unbeweglich da. Plötzlich zitterte ihre Unterlippe, ihre Augen funkelten vor Feuchtigkeit und sie blinzelte schnell, wodurch die Tränen über ihre Wangen tropften, während sie leise murmelte: „Fancy." Eine Sekunde später schlangen sich die Arme ihrer kleinen Schwester fest um sie und Fancy konnte nur daran denken, wie viele Jahre sie törichterweise verschwendet hatte.

„Okay." Glenn konnte die alten Holzgebäude am Ende der holprigen Straße sehen. Es handelte sich hier nicht um ein oder zwei Gebäude an einer mit Steppengras überwucherten Straße. Dies war immer noch eine intakte Stadt. „Nicht, was ich erwartet habe."

Eileen warf einen schrägen Blick in seine Richtung. „Was hast du erwartet?"

„Ich weiß es nicht", er zuckte mit den Schultern, „aber nicht das hier."

Das löste ein tiefes Lachen aus Eileens Bauch und er erinnerte sich, was für ein wunderschöner Klang das war.

„Ich dachte, wir parken hier am Stadtrand, dann können wir zu Fuß zur Kirche und zurück gehen."

„Klingt gut." Er kniff die Augen zusammen,

konzentrierte sich auf das Ende der Straße und ließ seinen Blick dann langsam über die alten hölzernen Bürgersteige schweifen. „Wo verstecken sich die Schlangen?"

„Normalerweise in hohem Gras."

Er blickte sich um und sah jede Menge Schmutz und Staub, aber kein Gras. „Wo?"

Eileen streckte ihren Arm aus. Ein schlanker, unpolierter Nagel zeigte in die Ferne nach links. „Soweit ich mich erinnere, gerieten Joanna und Finn auf dem Kirchenhof in Schwierigkeiten." Sie kniff die Augen zusammen. „Aber es sieht so aus, als hätte sich jemand um das Unkraut gekümmert."

„Willst du mir etwa sagen, dass die Geister gelernt haben, wie man mit Rasentrimmern umgeht?"

„Oh mein Gott. Fang bloß nicht damit an." Eileen verdrehte die Augen. „Gehen wir."

Langsam gingen sie Seite an Seite die Hauptstraße hinunter, spähten durch Fenster und überprüften Türklinken. Als sie am alten Saloon ankamen, ließen sich die Türen öffnen. „Hier", sagte er.

„Oh wow." Eileens Kiefer landete fast auf dem Boden. „Das ist –"

„Nicht, was du erwartet hast?", neckte Glenn.

„Jemand muss den ganzen Tag mit Besen und Scheuerbürste verbracht haben."

Glenn schnupperte in der Luft. „Und Zitronenreiniger. Wir haben es also mit einem Geist mit einem Putzfimmel zu tun."

„Hier gibt es *keinen* Geist." Eileen strich mit der Hand über den wie neu glänzenden Tresen und für einen Moment glaubte er, sie zittern zu sehen.

Die Böden waren abgenutzt, aber sauber. Nur ein paar vereinzelte Tische und unterschiedliche Stühle füllten den großen Raum. Höchstwahrscheinlich nur ein Bruchteil der Originalmöbel.

„Das ist ein bisschen gruselig." Eileen strich sich über die Arme.

Überaus amüsiert von ihrer Reaktion auf diesen Ort, trat Glenn näher an sie heran. „Ich finde es cool."

Eileen verdrehte noch einmal die Augen, schüttelte den Kopf, drehte sich um und murmelte: „Männer."

„Sollen wir die obere Etage erkunden oder weiter die Straße hinuntergehen?", fragte er.

Eileens Blick wanderte die Holztreppe hinauf zu dem, was früher höchstwahrscheinlich die privaten … *Unterhaltungsräume* gewesen waren. „Ich denke, ich würde gerne sehen, was es sonst noch hier draußen gibt."

„Klingt gut." Er hielt ihr die Tür auf und beobachtete das sanfte Schwingen ihrer Hüften, als sie an ihm vorbeiging. Manche Dinge hatten sich wirklich nicht verändert. „Weißt du, diese Stadt erinnert mich ein wenig an die Stadt außerhalb von Reno, in der wir in unserem ersten Jahr auf Tour gespielt haben."

Sie schlenderte neben ihm her, blieb stehen, um die Augen zusammenzukneifen und durch ein schmutziges Fenster zu spähen, bevor sie über die Schulter zu ihm zurückblickte. „Daran kann ich mich nicht erinnern."

„Nun, sie war aufgeräumter. Die Gehwege waren aus Beton. Die Stadt war auch viel größer, aber ein paar Blocks der Hauptstraße fühlten sich genau so an. Der Saal, in dem wir gesungen haben, war ein umgebauter Saloon."

Eileen richtete sich auf und ihre Augen funkelten. „Mit den roten Vorhängen auf der Bühne."

„Genau."

„Das hatte ich völlig vergessen." Ein verschmitztes Lächeln breitete sich auf ihrem Gesicht aus. Anscheinend hatte sie ebenfalls gute Erinnerungen an ihr erstes gemeinsames Jahr, und das war eine sehr gute Sache.

„Es gab Gerüchte, dass in der Stadt auch ein Geist

wohnen sollte.“

„In dieser Stadt gibt es *keinen* Geist.“ Und offenbar hatte sie auch nichts von ihrer eigensinnigen irischen Art verloren.

Sie waren fast bis zum Ende der Straße gegangen, wo sie vor dem alten Bordell stehenblieben. Das Haus mit der Geschichte, die Joannas Interesse geweckt hatte. Das Haus, in dessen Fenster zwei Schatten zu sehen waren.

„Und das, Miss Callahan“, er lächelte und deutete mit der Hand auf die überdachte Veranda, „sind wahrscheinlich deine Geister.“

KAPITEL ZEHN

„Heilige …“ Eileen blieb wie angewurzelt stehen. Es gab keine Geister. So etwas gab es auf keinen Fall. Auf keinen Fall.

„Sollen wir nachsehen gehen?“ Glenn deutete mit dem Arm über den Gehweg zur Vordertür. „Könnte interessant sein.“

„Hmm“, murmelte Eileen und wiederholte schweigend ihr Mantra: *Es gibt keine Geister.* Während sie sich langsam auf den Weg machten, wehte aus dem Nichts ein sanfter Wind über die getrimmten Gräser. *So etwas wie Geister gibt es nicht.* Sie war von den Schatten im Inneren so abgelenkt gewesen, dass sie das gestutzte Gras bis jetzt gar nicht bemerkt hatte. Auch hier war jemand mit dem Rasentrimmer beschäftigt gewesen. Ein echter Mensch. Also was machte es, wenn sie nicht wusste, wer. Oder warum. *So etwas wie Geister gibt es nicht.*

„Könnte einen Anstrich gebrauchen.“ Glenns leises Flüstern ließ Eileen einen Schauer über den Rücken laufen. Als seine Finger ihren Arm berührten, sprang sie fast einen halben Meter nach vorne. „Entschuldigung“, fügte er hinzu.

„Kein Problem.“ Das war absolut lächerlich. Es gab eine logische Erklärung. Sie war sich einfach nicht ganz sicher, ob sie wissen wollte, wie diese lautete. In diesem besonderen Moment klang eine schöne heiße Tasse Tee – in Tuckers Bluff – wirklich wunderbar.

Die Haustür öffnete sich knarrend und als Eileen instinktiv einen Schritt zurücktrat, stieß sie mit Glenn zusammen. Sein Atem stockte, und zum ersten Mal, seit er angefangen hatte, sie zu necken, hatte sie den Eindruck, dass er ein wenig besorgt war, dass er sich vielleicht doch irrte.

Das Knarren wurde mit jedem Zentimeter, den die Tür weiter aufging, lauter. Eileen legte ihren Arm hinter sich und klammerte sich schließlich an Glenns Hand. *So etwas wie Geister gibt es nicht.*

Eine große, schlanke rothaarige Gestalt erschien in der Tür, an der sich eine kleine rundliche Blondine vorbeidrückte. *Die Schwestern!*

Eileen stieß einen langen, tiefen Atemzug aus und murmelte leise: *So etwas wie Geister gibt es nicht.* Vielleicht würde sie beim nächsten Mal ihrer Fantasie nicht freien Lauf lassen.

„Das ist aber eine schöne Überraschung." Sissy rieb sich vor Freude die Hände.

„Ja. Ja, das ist es", stimmte Sister zu und strahlte sie von der Eingangstür aus an. „Und wen haben wir hier?"

Als ob die beiden Frauen und die Hälfte von Tuckers Bluff das nicht bereits wüssten. Eileen trat auf die Veranda. „Sister, Sissy, das ist ein alter Freund, Glenn Baker."

„Schön Sie kennenzulernen", sagten die beiden Schwestern im Einklang.

„Ebenfalls." Er verneigte sich leicht von der Hüfte aus, was den beiden Frauen für einen kurzen Moment einen Kicheranfall bescherte.

„Wir haben wochenlang hart gearbeitet", sagte Sister. „Ich hoffe es gefällt euch."

„Oh mein Gott." Als Eileen die Schwelle überschritt, war sie überzeugt, dass sie eine Zeitreise in die Vergangenheit machte. „Oh mein Gott", wiederholte sie.

„Wir haben beim Staat beantragt, dass es uns, als einzige Erben, zurückgegeben wird. Schließlich war das das Zuhause unserer Ururgroßmutter und so", erklärte Sister.

„Ja", fügte Sissy hinzu. „Die Genehmigung dauerte nicht lange. Wir dachten, es würde Spaß machen, das alte Haus zu renovieren. Es für Touristen attraktiver zu machen."

„Das stimmt." Sister fuhr dort fort, wo Sissy aufgehört hatte. „Auf diese Weise kommen sie, wenn sie ihre Sightseeingtour hier beendet haben, nach Tuckers Bluff, um dort Geld auszugeben."

Eileen stieß einen Pfiff aus. „Ihr habt das alles gemacht? Nur ihr beide?"

„Jamison hat geholfen. Nachdem wir es ein wenig auf Vordermann gebracht hatten …"

„Auf Vordermann?", murmelte Eileen. Sogar Meister Propper hätte hier vermutlich aufgegeben.

„Ja. Dein Neffe hat hier und da ein paar Reparaturen vorgenommen. Vielleicht hat er uns auch sein Malerteam ausgeliehen. Aber das hast du nicht von uns gehört", flüsterte die größere der beiden Schwestern verschwörerisch. „Dann durften wir uns auch noch alte Möbel vom Dachboden des Pubs aussuchen. Er und Frank haben uns letzten Sonntagnachmittag dabei geholfen, sie herzubringen."

„Frank?", fragte Eileen, nicht wirklich überrascht, dass der alte Marine ebenfalls seine Finger im Spiel hatte.

Die beiden Schwestern nickten. Ihre Köpfe wippten so heftig, dass es ein Wunder war, dass sie ihnen nicht vom Hals fielen.

„Wir lieben, wie es geworden ist. Wir haben darüber nachgedacht, dass es vielleicht Spaß machen könnte, Touristen die Möglichkeit zu geben, dort eine Nacht mit den Geistern zu verbringen."

„Sagte ich doch." Glenn lächelte.

„Stopp." Eileen hielt ihre Hand hoch. „Damit fangen wir nicht noch einmal an."

„Möchtet ihr euch umsehen?" Die ungleichen Schwestern traten auf beide Seiten von Eileen und Glenn und drängten sie in den Raum.

„Das", Eileen blickte sich um, „erinnert mich an den Auftritt, den wir in Nevada hatten. Die satten Farben, die Möbel aus der viktorianischen Zeit. Erinnerst du dich an die Frau, die an der Kasse gearbeitet hat? Sie muss mindestens hundertfünfzig gewesen sein." Eileen lächelte und wischte mit der Hand über einen antiken Sekretär.

Glenn kicherte. „Sie trug so ein Kleid mit hohem Kragen und langen Ärmeln, das bis zum Boden reichte. Jeder muss sich gedacht haben, sie wäre dem American Gothic-Gemälde entsprungen."

„Das stimmt." Eileen wirbelte grinsend herum. „Und die viele Spitze und der säuerliche Gesichtsausdruck. Ich habe sie aufgezogen und gesagt, sie müsse …"

„Lurchs Schwester sein." Glenns grollendes Gelächter entlockte auch Eileen ein tiefes Lachen.

Die beiden begannen leise zu singen: *„They're creepy and they're kooky."* Ihre Stimmen wurden stärker und Eileen trällerte laut *„the"*, worauf Sister ein *„Addams"* folgen ließ, bevor Sissy die Titelmelodie der Serie schließlich mit einem *„Family"* beendete und alle drei in schallendes Gelächter ausbrachen.

Glenn krümmte sich fast vor Lachen und legte seinen Arm um Eileens Taille. „Das waren lustige Jahre."

„Ja", ihre Wangen schmerzten vor Lachen, „das waren wirklich gute Jahre."

Sister und Sissy sangen das Titellied der alten Fernsehsendung erneut, während sie die Treppe hinaufgingen. Eileen konnte nicht fassen, was für eine wunderbare Arbeit sie bei der Restaurierung des alten Hauses geleistet hatten.

„Oh mein Gott." Am oberen Ende der Treppe erstarrte Eileen vor einem großen gerahmten Foto an der linken Wand.

Sissy und Sister blieben stehen und wirbelten herum. Beide Frauen runzelten die Stirn und bemerkten dann Eileens Interesse an dem Foto. Die Schwestern setzten sofort ein freudiges Lächeln auf. Es war das Einzige, was die beiden völlig unterschiedlichen Geschwister gemeinsam hatten.

Sister trat näher heran und zeigte auf den großen vergoldeten Rahmen. „Das sind unsere Ururgroßmutter Lilibeth und ihre Schwester Siseley. Beide waren damals Versandbräute."

„Ja." Eileen nickte. „Ich erinnere mich an diese Geschichte, aber als ich mit Joanna die Fotos durchgesehen habe, ist mir das hier nicht aufgefallen."

„Nicht?", fragte Sissy. „Nun, es ist eines unserer Lieblingsfotos."

„Das sind wunderschöne Hunde", merkte Glenn an.

„Ja", stimmte Sister zu. „Eine Mischung aus Schäferhund und Wolf. Den von uns gefundenen Tagebüchern zufolge stammten sie aus demselben Wurf. Die Familiengeschichten besagen, dass die Hunde der Grund dafür waren, dass die beiden Schwestern die perfekten Ehemänner gefunden haben. Selbst nachdem die Schwester unserer lieben Lilibeth einen Bergarbeiter geheiratet hatte und mit ihm und einem der Hunde nach Kalifornien gezogen war, hieß es in den Tagebüchern, dass Lilibeth schwören könnte, dass sie die beiden Hunde immer noch in der Prärie herumtollen sah."

„Ihre Schwester ist nach Kalifornien gezogen?", fragte Eileen.

Sissy nickte.

„Und sie hat einen der Hunde mitgenommen?“ In ihrem Hinterkopf formte sich eine seltsame Idee. Einer dieser Hunde sah Gray sehr ähnlich, und sie würde ihren letzten Cent darauf verwetten, dass der andere Hund Ähnlichkeit mit dem aus San Diego haben würde, wenn sie Ethan und Allison das Foto zeigen würde. Wie groß war die Wahrscheinlichkeit, dass die Nachkommen dieser beiden Hunde heute immer noch herumliefen? Sie rollte sich auf den Fersen zurück. Wirklich interessant.

„Du siehst aber selbstzufrieden aus.“ Glenn kam näher. „Möchtest du mir sagen warum?“

„Es ist nichts, nur schön zu wissen, dass sich manche Dinge nie ändern.“

„Du siehst gut aus“, flüsterte Fancy, während sie immer noch ihre kleine Schwester drückte. „Die berühmte Ärztin“, fügte sie hinzu.

Allison hustete ein Lachen heraus und löste sich aus der Umarmung. „Sagt die berühmte Sängerin.“

Es war nicht zu übersehen, dass Ethan ihre Schwester sanft beschützte.

„Ethan“, sagte Fancy in einem gleichmäßigeren Tonfall, als sie es für möglich gehalten hätte. Denn was sagte man zu dem Mann, dessen Baby man ausgesetzt hatte?

„Fancy.“ Er lächelte. Sie erinnerte sich an dieses Lächeln. Und diese Augen. Wie hatte sie die Augen vergessen können, die ihr fast augenblicklich gesagt hatten, dass dies ein Mann war, dem sie vertrauen konnte? Vier Tage lang hatte er sie beschützt und sich um sie gekümmert. Und obwohl er es nicht wusste, damit hatte er ihr geholfen, ihr Leben wieder auf die Reihe zu bekommen – vielleicht sogar zum ersten Mal in ihrem Leben.

Sie blickte um die beiden herum. „Ihr habt sie nicht mitgebracht?“

Allison wich zurück, ihre Hand griff nach hinten und glitt leicht in die ihres Mannes.

„Nein.“ Er räusperte sich. „Wir hielten es für das Beste, dass wir zuerst reden.“

Ja. Natürlich. Nach der Freude über die lange verlorene Schwester kam nun der nicht so einfache Teil. Sie drehte den Kopf. Garrett stand weniger als einen halben Meter hinter ihr. „Das ist Garrett, der Leadsänger der Band.“

Garrett, ein wahrer Gentleman aus dem Süden, wartete darauf, dass Ethan ihm die Hand reichte. Ethan, ein wahrer texanischer Gentleman, tat genau das.

„Und das“, sie drehte sich um und zeigte auf das andere Bandmitglied, das gerade frühstückte, „ist Rick. Der beste Musiker, den sich eine Band wünschen kann. Egal welches Instrument gespielt werden muss, er ist euer Mann.“

Rick schaufelte sich immer noch so schnell er konnte Essen in den Mund, winkte kurz und widmete sich dann wieder seiner Mahlzeit.

Sowohl Ethan als auch Allison winkten zurück.

„Ist die ganze Band gekommen?“, fragte Ethan.

„Nein.“ Garrett schüttelte den Kopf. „Die anderen haben Familien, die sie in dieser kurzen Pause besuchen wollten.“

Meg kam aus der Küche, küsste Allison und dann ihren Schwager auf die Wange und deutete mit dem Kopf auf ein paar verweilende Gäste im Salon. „Darf ich vorschlagen, dass ihr es euch in unserer Wohnung gemütlich macht?“

Allisons „Danke“ taumelte über Fancys „Das wird

nicht nötig sein."

Megs Brauen hoben sich überrascht, doch schnell gewann sie ihre Fassung zurück und lächelte kurz. „Nun, ich muss noch etwas Papierkram erledigen. Wenn ihr mich entschuldigen würdet."

Die Stille, die in den nächsten Augenblicken herrschte, war alles andere als angenehm. Es gab so vieles, was Fancy sagen wollte, so viele Fragen, die sie stellen wollte. Zu viele Jahre waren vergangen. Sie wusste nicht, wo sie anfangen sollte.

„Fancy redet die ganze Zeit über dich", begann Garrett, als ihm klar wurde, dass niemand sonst anfangen würde. „Mir gefällt besonders die Geschichte mit dem Hund und dem Lieblingsschal deiner Tante."

Allison wäre fast an ihrer eigenen Spucke erstickt. „Du erinnerst dich daran?"

„An jede einzelne Minute davon." Fancy lächelte. „Du hattest seine Pfote so gut verbunden. Und die Farben passten wunderbar zu Champs Fell."

„Schade, dass Tante Millicent nicht deiner Meinung war."

„Jeder zukünftige Arzt muss an irgendeinem Patienten Erste Hilfe üben. Du hast dir einen sehr liebenswerten ausgesucht –"

„Und sehr geduldigen", fügte Allison hinzu.

„Ja, und sehr geduldigen", stimmte Fancy zu, „einen Golden Retriever, mit dem man arbeiten konnte."

Ein anderer Gast kam die Treppe herunter und ging in die Küche, wobei er die Leute, die sich in der Mitte des Raumes drängten, höflich anlächelte. Vielleicht sollten sie doch Megs Wohnung nutzen. Sie mussten reden, je früher, desto besser. Und unter vier Augen war es am sinnvollsten.

Garrett rückte einen kleinen Schritt näher, seine Hand schwebte über ihrer Schulter, als wäre er bereit, jeden wegzustoßen, der ihr auch nur im Geringsten zu nahe kam. Ein Freund und Beschützer. Gott sei Dank gab es jemanden, der hinter ihr stand. „Gibt es hier in der Nähe ein kleines Café? Irgendwo, wo wir uns privat unterhalten können?"

„Ja." Fancy nickte. „Ich möchte Meg wirklich nicht stören."

„Im Café hier in der Gegend ist mehr los als in einem Lachsschwarm, der flussaufwärts schwimmt", Ethans ruhiger Gesichtsausdruck blieb unverändert, „aber im Pub gibt es kein Mittagessen. Zumindest nicht für die breite Öffentlichkeit. Es ist nur ein kurzer Spaziergang, wenn ihr keine Einwände habt?"

„Hat jemand Pub gesagt?" Rick schluckte schnell seinen letzten Bissen hinunter und erschien an Fancys anderer Seite.

Garrett verdrehte die Augen. „Es ist erst zehn Uhr morgens."

„Wie sagt das Sprichwort: Irgendwo ist es immer fünf Uhr."

Ethan zog sein Handy aus der Tasche. „Gut, wenn wir uns alle einig sind, rufe ich Jamie einfach an. Der Mann verbringt die meiste Zeit des Tages im Büro und erledigt, was auch immer Kneipenbesitzer am Schreibtisch zu erledigen haben."

Rick war der Letzte, der hinausging. Er blickte die Main Street hinauf und hinunter. „Was verschlafene Kleinstädte angeht, ist diese ziemlich cool."

„Finden wir auch." Allison hakte sich bei ihrem Mann ein.

Es brachte Fancy immer noch durcheinander, dass ihre Schwester mit Brittanys Vater zusammengekommen war. Es ließ ihr Herz aber auch höherschlagen. Sie liebte ihre kleine Schwester mehr als alles andere auf der Welt. Das war einer der Gründe gewesen, warum Fancy Abstand gehalten und den Spitznamen bekommen hatte. Allison hatte so viel Potenzial und Fancy befürchtete, dass ihr Einfluss ihre kleine Schwester nur zurückhalten könnte. Zu wissen, dass ihre Schwester am Ende mit dem perfektesten Mann der Welt am perfektesten Ort zusammen war, bedeutete ihr alles. Mehr, als sie noch vor ein paar Tagen gedacht hätte. Tatsächlich fühlte sich nichts mehr so an wie noch vor ein paar Tagen.

Hinter großen Glasfenstern winkten die Ladenbesitzer Ethan und Allison zu, als sie vorbeigingen. Kommentare wie „Schöner Tag für einen Spaziergang" oder „Schön, euch in der Stadt zu sehen" waren aus einigen offenen Türen zu hören.

Sie schlenderten an der Polizeistation vorbei und eine unangenehme Erinnerung schlich sich in ihr Bewusstsein. Brittany zurückzulassen war damals vielleicht das Beste gewesen, was sie für das kleine Mädchen hatte tun können, aber es war das Schwierigste in Fancys Leben gewesen. Sie hatte keine Ahnung gehabt, wie sehr man einen kleinen Menschen lieben konnte. Sie hatte sich für ihr kleines Mädchen nur das Beste gewünscht, was das Leben zu bieten hatte. Und das war nicht die Fancy von damals gewesen.

„Hier wären wir." Ethan deutete mit dem Arm auf die massive Tür aus dunklem Holz.

„Oh." Fancy warf einen Blick auf das Schild. „Das ist neu."

Zwei tiefe Furchen bildeten sich zwischen Ethans Brauen. „Ja, mein Cousin hat es kürzlich mit ein wenig Hilfe von der Familie eröffnet."

„O'Fearadaigh's", sagte sie leise.

Immer noch stirnrunzelnd hielt Ethan die Tür auf, damit alle hindurchgehen konnten. „Das war damals in Irland die ursprüngliche Schreibweise des Namens Farraday."

„Verstehe." Fancy seufzte. Der perfekte Mann. Die

perfekte Stadt. Die perfekte Familie. Was dachte sie sich dabei, zurückzukommen, um ihr kleines Mädchen zu holen?

KAPITEL ELF

Was war schon dabei, dass Eileen und Glenn nach dem Beladen des Trucks aufgeregt wie ein paar Teenager bei ihrem ersten Date ohne Begleitung eingestiegen und davongefahren waren? Sean Farraday schwang den Vorschlaghammer auf den Pfosten. Es war eine gute Sache, seine frühere Schwägerin glücklich zu sehen. *Frühere*? Noch einmal hämmerte er den neuen Zaunpfosten etwas tiefer in den harten texanischen Boden. Er hatte ein Gelübde abgelegt: *Bis der Tod uns scheide.* Gab es eine Verjährungsfrist für angeheiratete Verwandtschaftsverhältnisse? Er schwang den schweren Hammer in die Luft, ließ ihn noch einmal auf den Pfosten krachen und erstarrte, als er auf den neuen Zaunabschnitt starrte. *Frühere. Der Tod uns scheide.* Starb das Verwandtschaftsverhältnis mit dem Tod des Ehegatten? In den mehr als fünfundzwanzig Jahren, seit er Helen verloren hatte und somit das Gelübde erfüllt war, hatte er kein einziges Mal darüber nachgedacht, was Eileen für ihn war. Für die Kinder natürlich Tante Eileen. Und natürlich auf immer Helens Schwester. Aber für ihn?

Aus seiner Brusttasche drang das laute Trillern eines Anrufs in die frische Luft von West-Texas. Er und Finn sollten diese Zaunlinie gemeinsam bearbeiten, aber da es Berichte über Berglöwen in der Nähe einer der hinteren Weiden gab, waren Finn und Sam, der Vorarbeiter der Ranch, dorthin aufgebrochen, um nach möglichem Ärger Ausschau zu halten. Der Junge wollte sich wahrscheinlich nach seinem alten Herrn erkundigen. Um sicherzugehen, dass er sich daran erinnerte, wie man einen Zaun reparierte. *Junge*. Das brachte ihn zum Lachen. Finn war verheiratet. Jedes von Seans Kindern war erwachsen und einige gründeten inzwischen eigene Familien. Und auch Finn würde in dieser Hinsicht wahrscheinlich nicht mehr lange auf sich warten lassen. Obwohl von Babys noch keine Rede war, konnte Sean den Ausdruck in Joannas Augen sehen, immer wenn sie sich einem seiner Enkelkinder näherte. Ja, es würde nicht mehr lange dauern. „Ich habe noch alle zehn Finger", lachte er ins Telefon.

„Gut zu wissen." Die Stimme gehörte Ethan, nicht Finn. „Bist du schon so weit, dass du eine Pause einlegen und uns einen Gefallen tun kannst?"

Selbst wenn er das nicht wäre, war nichts wichtiger, als für seine Kinder da zu sein – es sei denn, es handelte sich um etwas Absurdes wie das Verlangen nach einem Root-Beer-Float. Was noch nie der Fall war und auch nie der Fall sein würde. „Was brauchst du?"

„Toni hat die Mädchen für das neue Kinder-und-Pferde-Programm zu Connor gebracht und kann dort nicht weg. Könntest du Brittany ins Pub bringen?"

„Ins Pub? Glaubst du nicht, dass sie noch ein bisschen zu jung ist, um die Freuden eines guten Bieres kennenzulernen?"

Ethans Stimme wurde leiser. „Fancy ist hier. Wir haben vereinbart, dass sie Brittany sehen kann."

„Oh." Sean schluckte schwer. Obwohl nicht wirklich darüber geredet wurde, saß gestern Abend vermutlich die ganze Familie auf glühenden Kohlen, weil Brittanys leibliche Mutter nach Tuckers Bluff zurückgekehrt war. Tief im Inneren kannten sie alle den Grund dafür, wollten ihn aber nicht wahrhaben.

„Momentan wollen wir sie noch nicht auf der Ranch haben."

„Natürlich." Sean verstand nicht, welchen Unterschied das machte, aber sein Sohn war ein erwachsener Mann, der mit einer klugen Frau verheiratet war. Wenn sie das wollten … „Ich mache mich auf den Weg, sobald ich mich kurz gewaschen habe."

„Danke, Dad."

Der Anruf wurde beendet und Sean blickte über das hügelige Land, das seit den Tagen, als seine Großeltern das Gebiet zum ersten Mal besiedelten, Farraday-Country genannt wurde. Ethan und Allison mieteten ein kleines Haus unweit von dem von Brooks und Toni. Das war einer der Gründe, warum Toni sich um Brittany und ihr eigenes Kind kümmerte, wenn Allison arbeitete. Ethan und Allison planten, auf einem schönen Grundstück in der Nähe des neuen Krankenhauses ein Heim für ihre Familie zu bauen. Er betete, dass Fancy keinen Ärger verursachen würde. Schon seit einiger Zeit hatte er ein Bild im Kopf, auf dem all seine Kinder und Enkelkinder in der Nähe von oder auf Farraday-Land lebten. Er wollte nicht, dass plötzlich irgendeine Frau auftauchte und das Leben seines Sohnes zerstörte. Das Bild in seinem Kopf gefiel ihm gut. Seine Kinder waren glücklich und er und Eileen hielten die Stellung auf der Ranch, um die Familie zusammenzuhalten. *Er und Eileen?*

„Die beiden sind der Hammer." Glenn stieg auf der Beifahrerseite des Pickups aus.

„Du hättest mich mit einer Feder umwerfen können, als die beiden die Tür öffneten." Eileen schlug die

Tür zu und ging um die Ladefläche herum. Sie würde nicht erwähnen, dass die Berührung seiner Hand sie fast ins nächste County geschleudert hätte.

„Dieser Laden sieht bei Tageslicht anders aus." Glenn kam Eileen entgegen und warf einen flüchtigen Blick in Richtung der Fenster des Pubs.

„Dein Timing war perfekt. Du bist am Eröffnungs-abend angekommen." Eileen öffnete die Deckel der beiden Kühlboxen, griff hinein und nahm ein mit Folie bedecktes Tablett heraus. „Du kannst dich gerne nützlich machen."

„Kein Problem, Miss Kitty", neckte er.

„Weißt du …" Eileen konnte sich nicht entschei-den, ob sie Glenns Anspielung auf Miss Kitty und Marshall Dillon amüsant oder lächerlich fand. Allerdings verschlang sie tief in ihrem Inneren die schmeichelhafte Aufmerksamkeit. „Du musst wirklich mehr rausgehen."

Glenn kicherte leise. „Wofür sind die?"

„Ich habe Jamie ein paar Tabletts von meinem Milchreis versprochen."

„Deinem Milchreis?" Mit einer Hand balancierte er das Tablett und öffnete mit der anderen die Tür des Pubs.

„Schau nicht so entsetzt. Ich habe dir gesagt, dass ich gelernt habe, für über zwanzig Leute zu kochen. Das war das Rezept meiner Mutter. Meine Schwester Helen hat es ein wenig optimiert und nach all den Jahren weiß die ganze Stadt, dass es das beste ist. Und bald wird es auch jeder wissen, der von außerhalb hierher zum Essen kommt." Eileen blieb abrupt stehen, als sie die Leute sah, die drinnen saßen. „Oh, hallo."

Glenns Aufmerksamkeit richtete sich direkt auf den Mann, der in der Ecke am Klavier saß und darauf herumklimperte.

Die meisten Leute saßen an einem Tisch zusammen. Jamie stand hinter der mit glänzenden Messingbeschlägen verzierten Bar. Plötzlich blieb Eileen das Herz im Hals stehen. Die rotblonde Frau, die sie noch nie zuvor getroffen hatte, musste Allisons Schwester Francine – Fancy – sein.

„Lass mich dir damit helfen." Ethan sprang von seinem Stuhl auf, kam blitzschnell an ihre Seite und nahm ihr das große Tablett aus den Händen.

Eileen neigte den Kopf, senkte die Stimme und flüsterte: „Ist alles in Ordnung?"

„Bis jetzt ja", flüsterte er zurück.

„Ich nehme das." Jamie erlöste Glenn von seinem Tablett. „Danke."

Glenn reichte dem Pubbesitzer das Tablett, folgte ihm und warf einen Blick auf den Mann und das Klavier. „Sieht alt aus."

„Ja. Es stand hinten. Ich war schockiert, dass es noch so gut klang. Der Klavierrestaurator aus Butler Springs war genauso überrascht, dass es nicht in einem schlechteren Zustand war."

„Stört es dich, wenn ich es mir genauer ansehe?"

„Nur zu", rief Jamie über seine Schulter.

In dem Moment, als der Pianist eine Pause machte, fuhr Glenn mit dem Finger über ein paar Tasten. „Das ist Elfenbein."

Der sitzende Mann drückte sich zurück und streckte seine Hand aus. „Rick Mason. Möchten Sie es mal ausprobieren?"

So wie Glenn sich auf die Bank setzte, könnte man meinen, er hätte seit Jahren kein Klavier mehr gesehen. Sie vermutete, dass die letzten Sessions mit der Band auf einem Keyboard und nicht auf einem Klavier gespielt wurden. Beide gaben Töne von sich, aber selbst sie wusste, dass es etwas anderes war, auf einem echten Klavier zu spielen. Seine Finger legten sich über die Tasten und wunderschöne Klänge hallten durch das fast leere Pub.

„Wow", murmelte Ethan neben Eileen.

Ein Lächeln umspielte ihre Mundwinkel. Sie hatte tatsächlich vergessen, welch wunderschöne Musik er mit fast jedem Instrument zaubern konnte. Die Aneinanderreihung der Noten mündete in einer ganz bestimmten Melodie. Einer, an die sie sich gut erinnerte. Ihre Finger begannen im Rhythmus der Musik zu schnippen und ihre Füße brachten sie näher an das Klavier heran. Sie konnte jede Note von ihren Fingerspitzen bis in ihre Zehen spüren. Gott, wie hatte sie das vermisst.

Sean parkte vor dem Pub und eilte zur Beifahrerseite des Trucks, um Brittany aus ihrem Kindersitz zu befreien. Jahrzehntelang waren Ranch-Kids auf dem Rücksitz, dem Vordersitz oder der Ladefläche mitgefahren, und sie alle hatten überlebt. Er selbst war sogar ein oder zwei Mal auf der Motorhaube mitgefahren – natürlich war er da schon viel älter als Brittany gewesen. Aber Gesetz war Gesetz, ganz zu schweigen davon, dass das Ding furchtbar praktisch war, wenn man alleine mit einem Kleinkind herumfuhr. Aber er gehörte nie zu den Eltern, die mit einem Kind auf dem Schoß fuhren. Das erschien selbst ihm einfach zu tollkühn und schrie geradezu nach einem schrecklichen Unfall. Deshalb hatte jeder einzelne Truck auf der Ranch einen Kindersitz. Was sich an Tagen wie heute auszahlte.

Mit einem grinsenden blonden Engel im Arm trat er die Tür des Lastwagens zu. Von drinnen konnte er leise Töne einer vertrauten Melodie hören, die auf einem Klavier gespielt wurden. Als er die Tür öffnete, erkannte er das Lied und die Stimme. Eileen stand da, die Augen geschlossen, die Arme weit geöffnet. Sie sang mit mehr Kraft als er seit langer Zeit gehört hatte. Wie angewurzelt stand er da und hatte Angst, sich zu bewegen, ein Geräusch zu machen, den Zauber zu brechen. Sie war in ihrem Element. Das Klavier begleitete sie bei jeder Note und die Energie im Raum war spürbar.

Eileen spreizte die Finger und hob einen Arm. Als sie „Cloudy or Sunny" sang, verursachte das Gänsehaut auf seinen Armen, und höchstwahrscheinlich auch auf den Armen der anderen Personen im Raum. Sie stand in Flammen. Das Klavier vibrierte, ihre Arme hoben sich erneut und die letzten Worte des berühmten Liedes, „Come Rain or Come Shine", hallten durch den Raum. Ihre Arme fielen an ihre Seiten herab und Eileen öffnete die Augen, während der Applaus der wenigen Anwesenden das Pub erfüllte. Sie sah ... umwerfend aus. Hatte Sean sie jemals so glücklich gesehen?

Für ein paar Sekunden schien sie überrascht zu sein. Als dann ein Lächeln über ihr Gesicht glitt und ihre Augen funkelten, wurde ihm schwer ums Herz. Sie würden sie verlieren. Er konnte es in seinen Knochen spüren.

„Das war atemberaubend." Eine blonde Frau, die Sean noch nie getroffen hatte und Allisons Schwester sein musste, war die Letzte, die noch applaudierte.

„Wow." Jamie kam praktisch über die Bar geflogen, um seine Tante zu umarmen. „Ich habe dich und Mom oft genug zusammen singen hören, um zu wissen, dass ihr gute Stimmen habt, aber wow, so etwas habe ich noch nie gehört."

Hinter ihr hatte sich Glenn vom Klavier abgestoßen und war aufgestanden. Er stand neben ihr und nickte. „Du hast nichts von deinem Können verloren."

Brittany machte ein lautes, fröhliches Geräusch und

begann erneut zu klatschen. Alle Köpfe wandten sich ihr zu. Plötzlich war das Lächeln und Lob über Eileens spontanen Auftritt wegen der aktuellen Lage vergessen. Sofort sprang Allison auf und huschte durch den kleinen Raum, um das schöne kleine Mädchen zu holen. „Mama", gurrte Brittany und warf die Arme um die Frau, die die einzige Mutter war, die sie kannte, seit man sie vor dem Polizeirevier ausgesetzt hatte.

„Wie geht es meinem Mädchen?" Mit dem widerstrebenden Schritt einer Person, die ihre letzten Schritte machte, ging Allison auf ihre Schwester zu.

„Sie nennt dich Mama?", fragte Fancy mit zitterndem Flüstern.

Allison nickte. „Wir haben es mit Tante versucht, aber irgendwie schien sie zu verstehen, dass wenn Toni Helens Mama und Catherine Staceys Mama ist, ich ihre …"

„Du ihre Mama bist", beendete Fancy den Satz für sie.

Ethan trat neben seine Frau und Brittany warf die Arme nach oben. „Dada."

Ethan küsste seine Frau auf die Schläfe, zog sein kleines Mädchen zu sich und wirbelte es über dem Kopf herum. Er erntete herzliches Kichern, bevor er sich an den Tisch setzte. Brittanys süßes Lächeln verschwand. Sie drückte ihren Kopf an die Schulter ihres Vaters und musterte die neuen Leute, die sie leise anstarrten.

Auf halbem Weg zwischen der Tür und dem Tisch sagte Sean sein Instinkt, er solle hierbleiben. Dies war eine Zeit, in der die Familie wie eine Mauer dastehen musste. Ohne zu zögern, machte er sich auf den Weg zu der winzigen Bühne, auf der Eileen stand und das Geschehen mit denselben Adleraugen wie er beobachtete. In dem Moment, als er sah, dass Glenn ihr immer näher kam, erkannte Sean die Bewegung. Eine schützende Geste, die Sean mitten im Schritt stoppen ließ. Die Luft sauste aus seinen Lungen. Sie verdiente einen echten Mann, der sie beschützte. Einen, der sie schätzte. Schließlich drehte er sich um und ging zur Bar.

„Was sagt man dazu?", flüsterte Jamie und wischte dieselbe Stelle auf der Bar erneut.

Sean nickte. „Was habe ich verpasst?"

„Nun, ich war etwas zu weit weg, um alles zu hören. Aber es scheint, als ob sie ihre Tochter kennenlernen möchte."

Die Worte ließen Sean zusammenzucken. Normalerweise beurteilte er Menschen nicht nach dem Hörensagen, aber diese Frau hatte das Unverzeihliche getan.

„Das kann nicht gut sein", murmelte er.

„Wie ich schon sagte, es war schwer, alles zu hören, aber eine Zeit lang wurde viel geweint und umarmt. Ich denke, dass die Schwestern wieder eine Bindung aufbauen."

„Eine Bindung aufbauen?" Sean seufzte. „Wer ist der Typ bei ihr?"

Jamie zuckte mit den Schultern. „Weiß nicht."

„Er hat die Band gegründet, in der sie singt." Eileen ließ sich neben ihm auf den Hocker fallen.

„Das ist alles?"

Eileen drehte ihren Kopf zu der kleinen Gruppe von vier Personen am Tisch, fünf mit Brittany. „Bin mir noch nicht sicher."

Eine sanfte Melodie erklang vom Klavier, wo ein anderer Mann und Glenn redeten. „Und der andere?"

„Ein weiteres Mitglied der Band."

Sean nickte. „Was hältst du davon?"

Ihre Augen wurden schmal. „Irgendwas stimmt nicht."

„Was meinst du?"

„Sie ist nicht so, wie ich erwartet habe. Ihr Tonfall, ihre Augen, die wenigen Dinge, die sie gesagt hat. Klingt nicht wie eine Frau, die ein hilfloses Baby vor einer Tür abstellt."

Sean musterte die besagte Frau. In all den Jahren hatte er gelernt, auf Eileens Instinkte zu vertrauen. Die Frau hatte einen sechsten Sinn, der sie und jeden anderen in Schwierigkeiten bringen oder aus selbigen herausholen konnte, aber normalerweise traf sie den Nagel auf den Kopf. Er hatte diesem Instinkt mehr als einmal vertraut als er allein sieben Kinder großzog. Nein, nicht allein. Zumindest noch nicht. Er dachte darüber nach, wie es wäre ohne Eileen Opa zu spielen. Über die Sonntagsessen ohne Eileen. An den Morgenkaffee ohne Eileen. Den Gutenachttee ohne Eileen. Der Rest seines Lebens nahm gerade eine unerwartete und unerwünschte Wendung.

KAPITEL ZWÖLF

Zum ersten Mal in ihrem Leben verstand Fancy, was mit dem Ausdruck *atemberaubend* wirklich gemeint war. Dieses kleine Mädchen, ihr kleines Mädchen, war so viel mehr als schön.

„Sie sieht aus wie du." Fancy blickte Ethan nur eine Minute lang an, bevor sie ihre Aufmerksamkeit wieder dem kleinen Engel zuwandte.

Ethan senkte den Kopf und gab Brittany einen federleichten Kuss auf die Stirn.

„Hallo, Peanut." Leise sprechend, rollte Fancy ihre Finger in einer spielerischen Begrüßung hin und her. „Ich habe dir etwas mitgebracht."

Brittanys Augen weiteten sich vor Interesse. Die ihres Vaters hingegen verengten sich vor Sorge. Tief in ihrem Inneren wusste Fancy, dass sie das Vertrauen aller gewinnen musste, wenn sie erreichen wollte, was sie sich wünschte. Was sie sich zu wünschen glaubte. Jetzt, wo so viele Gefühle in ihr aufbrodelten, als sie ihre Schwester, ihre Tochter und die familiäre Bindung der drei sah, wurde Fancy klar, wie sehr sie das alles unterschätzt hatte. Der Gesichtsausdruck von Vater und Tochter machte das deutlich. Allison sah zerrissen aus, aber irgendwie würde Fancy ihnen im Laufe der Zeit zeigen, dass sie sich verändert hatte. Das musste sie einfach.

Aus der Tasche neben ihr holte Fancy ein kleines, flauschiges Lamm. „Ich habe gehört, dass dieser kleine

Kerl aus einer Fernsehsendung bei Kindern sehr beliebt ist."

Brittany griff nach vorne, piekte mit einem Finger in das Stofftier und kicherte dann, bevor sie es fest an ihre Brust drückte.

Sie mochte es. Ihr kleines Mädchen mochte ihr Geschenk. Garrett legte beruhigend die Hand auf ihre, lächelte und ließ sie dann schnell wieder los. Er hatte mindestens eine Stunde mit ihr im Laden verbracht, hatte die Gänge abgesucht, dem Verkaufspersonal und den einkaufenden Müttern Fragen gestellt und war schließlich dem Vorschlag eines kleinen Mädchens gefolgt. Nun ja, wenn man von Vorschlag sprechen konnte, wenn eine Zweieinhalbjährige freudig *Lämmchen* rief, als Fancy ihrer Mutter zwei Stofftiere zeigte. Nachdem die Mutter dem Mädchen erklärt hatte, dass ihr *Lämmchen* zu Hause auf sie wartete, hatte Fancy ihr Geschenk für ihre Tochter. Zumindest eines davon.

„Wie sagt man?", fragte Allison leise.

Brittany schaffte es, noch breiter zu grinsen, trat mit den Füßen und hüpfte auf dem Schoß ihres Vaters herum. „Tankö."

„Gern geschehen", antwortete Fancy. Das unvollendete Wort ließ ihr Herz aufgehen. „Sie scheint sehr glücklich zu sein."

„Das ist sie." Ethans Worte erklangen leise, aber bestimmt.

Fancy nickte. Sie hatte nicht vorgehabt, ihn zu verärgern, sie hatte nur gemeint … „Ich wusste, dass sie das sein würde. Ich wusste es einfach."

„Oh, Fancy." Allison biss sich auf die Unterlippe und blinzelte das Wasser zurück, das sich in ihren Augen sammelte. Der Tadel in ihrem Tonfall sagte alles, was ihre Worte nicht sagten – *wie konntest du nur?*

„Ich hatte keine Wahl." Sie beantwortete die unausgesprochene Frage.

Garrett schüttelte den Kopf, senkte die Stimme und deutete mit dem Kinn auf ihre Tochter. „Das ist nicht der richtige Zeitpunkt."

Nein. Nicht, wenn Brittany auf dem Schoß ihres Vaters saß. Den ganzen Vormittag lang hatten sie und Allison eine Erinnerung nach der anderen geteilt. An die guten Zeiten, die traurigen Zeiten, Tante Millicent und die hundert Gründe, warum Fancy weggelaufen war. Allison hatte über all ihre Abenteuer berichtet, während Ethan die ganze Zeit unterstützend die Hand seiner Frau gehalten hatte. Sie hatten sich umarmt, sie hatten geweint, sie hatten gelacht, aber Brittany war nur ein einziges Mal erwähnt worden. Als Fancy darum gebeten hatte, sie bitte sehen zu dürfen. Jetzt musste sie auf ein weiteres Mal warten, auf eine weitere Chance, ihre Schwester und den Vater ihrer Tochter davon zu überzeugen, dass sie gut für Brittany sein könnte.

„Entschuldigt uns." Eileen trat an den Tisch. „Ich muss Glenn zurück zur Ranch bringen. Er hat sein Auto dort gelassen und muss in ein paar Stunden für eine Videokonferenz in seinem Hotelzimmer sein."

„Dann sind wir schon zu zweit." Ethans Vater blieb neben der Tante mit der goldenen Stimme stehen.

„Oder", Glenn wandte sich vom Tisch ab, „du gehst mit mir Abendessen?"

Ethans Tante blinzelte und sein Vater biss die Zähne zusammen, was seine Kiefermuskeln leicht zucken ließ.

„Wir können in der Stadt bleiben, die Videokonferenz machen, schön essen gehen und dann zurück zur Ranch fahren, um mein Auto zu holen."

„Wenn du mit schön etwas Gehobeneres als ein Pub oder ein Café meinst", unterbrach Ethan, „hast du Pech."

„Ich hatte etwas … Privateres im Sinn."

„Das wäre das Lake House. Das ist ein Steakhouse am Stadtrand von Butler Springs." Allison lächelte. „Dort gibt es auch eine schöne kleine Tanzfläche."

„Hast du Lust auf eine Fahrt nach …" Er sah Allison erneut an.

„Butler Springs", entgegnete sie.

„Butler Springs?", beendete Glenn.

Eileens Gesicht erblühte. Das Lächeln auf Glenns Lippen konkurrierte mit dem von Ethans Tante, und Allison schien mit der Aussicht recht zufrieden zu sein. Ethan hingegen schien abzuwägen, ob er seinen Segen erteilen oder den ersten Schlag ausführen sollte. Fancy erinnerte sich an das Feuer in Ethans Augen in jener Nacht, als er sie vor dem betrunkenen Seemann gerettet hatte, und hoffte für Glenn, dass Ethan sich um seine eigenen Angelegenheiten kümmern würde.

In dem Moment, als die Tante den Kopf bewegte, nahm der Blick des älteren Mr. Farraday den gleichen Ausdruck an, den Fancy damals bei seinem Sohn gesehen hatte. Wenn es darum ging, Männer für sich auszuwählen, hatte sie immer ein schlechtes Urteilsvermögen gehabt. Nicht einmal, als sie über ein herausragendes Exemplar wie Ethan Farraday gestolpert war, hatte sie den gesunden Menschenverstand gehabt, um sich ihrer eignen Zukunft willen an ihm festzuhalten. Aber sie war verdammt gut darin, hinter den Spiegel zu sehen, und hier ging etwas vor sich, das nichts mit der liebevollen, eng verbundenen Familie zu tun hatte, von der Ethan in San Diego tagelang gesprochen hatte. Nein, hier brodelte etwas sehr Interessantes, und sie hoffte, lange genug hier zu sein, um herauszufinden, wer gewinnen würde.

Wie konnte er das nur vergessen haben? Sean umklammerte das Lenkrad und spähte in die Ferne. Die flache, graue Ferne. Eileen hatte immer auf Familienfeiern gesungen und gelegentlich leise Melodien gemurmelt, während sie in der Küche oder mit anderen Haushaltsarbeiten beschäftigt gewesen war. Schon vor Grace hatte sie allen Kindern Schlaflieder vorgesungen. Aber nichts davon kam der Eileen Callahan nahe, die mit nichts weiter als einer vierköpfigen Jazzband auf der Bühne stand. Er und Helen hatten Anne und Brian dazu gebracht, auf die Kinder aufzupassen, während sie sich für ein Wochenende nach Albuquerque schlichen, um Eileens Auftritt anzusehen. Das war ganz am Anfang gewesen, vor Glenns band, als sie ihren Stil noch nicht ganz perfektioniert hatte. Aber die Stimme, die Stimme war da. Hier. Und warum fühlte sich seine Brust an, als würde ein Kalb darauf sitzen, als er hörte, wie sie das Ende dieses Liedes aus vollem Herzen sang?

Und was jetzt? Rehäugige Blicke gestern Abend, Herumtollen in der Geisterstadt heute Morgen und Dinner heute Abend. Wie lange würde dieser Kerl bleiben? Und wie lange würde es dauern, bis er Eileen überzeugte, mit ihm zu gehen, wenn er schließlich abreiste?

Und Brittany. Was zum Teufel war im Pub losgewesen? So sicher wie er wusste, dass sein Name Sean Patrick Farraday war, Sohn von Patrick Aloysius und Sara Maureen Brookstone Farraday, so sicher wusste er, dass sein Sohn sein kleines Mädchen nicht kampflos aufgeben würde.

Gedanken schwirrten durch seinen Kopf. Zu viele, um sie zu ordnen. Als er schließlich vor dem Ranchhaus ankam, war sein Kopf immer noch voll von genau denselben Fragen und Sorgen wie vor der ansonsten friedlichen, einstündigen Fahrt.

Das Licht war aus, nur Stille begrüßte ihn, als er das Haus betrat. So lange war dieses Haus erfüllt von Lärm, Bewegung, Gelächter und Liebe. Er konnte immer noch die Liebe und Wärme spüren, aber an die Stille würde er sich erst gewöhnen müssen.

„Du siehst aus, als hätte dir jemand deinen besten Freund gestohlen." Finn kam aus der neu eingerichteten Suite neben der Küche. Frisch geduscht, glattrasiert und für eine abendliche Unternehmung gekleidet.

„Gehen du und Joanna an einem Wochentag irgendwohin?"

„Ja." Finn grinste über beide Ohren. „Wir nutzen den Vorteil, dass das Pub während der großen Eröffnungswoche jeden Abend geöffnet hat. Wir wollen etwas tanzen und uns etwas von Tante Eileens Milchreis holen."

„Hoffen wir, dass mehr Leute von hier genauso denken. Aufgrund der Beteiligung am Eröffnungsabend würde ich aber vermuten, dass Jamie recht hatte, was den Erfolg des Pubs angeht."

„Keiner von uns hat je an ihm gezweifelt." Finn steckte seinen Hemdzipfel in seine Jeans. „Wollen du und Tante Eileen euch uns anschließen."

Unter normalen Umständen wäre er der Einladung von Finn gerne gefolgt, aber heute Abend war nicht normal. Oder vielleicht war der heutige Abend der Beginn der neuen Normalität – nach der Arbeit ganz allein in diesem großen alten Haus herumzulaufen, und niemand da, mit dem er reden konnte außer den Wänden. Vielleicht könnte er lernen, Reality-TV zu schauen.

Finn senkte den Kopf, verengte seinen Blick und machte einen Schritt auf seinen Vater zu. „Ist etwas nicht in Ordnung, Dad?"

Nein. Ja. Vielleicht. „Nein. Du und Joanna, habt eine gute Zeit."

„Sie kommt von einem Nachmittagsfotoshooting mit den Schwestern in der Geisterstadt zurück. Sie arbeiten an einem riesigen Tourismusplan. Ich treffe sie im Pub." Finn trat noch einen Schritt näher. „Dad, du verheimlichst mir etwas."

Sean schüttelte den Kopf. Das war der Kreislauf des Lebens. Nichts blieb für immer gleich. Hatte er diese Lektion nicht bereits auf die harte Tour lernen müssen?

„Dad", sagte Finn seinem Vater direkt ins Gesicht, „du machst mir Angst. Ich habe diesen Blick noch nie bei dir gesehen. Was ist passiert? Ist jemand verletzt?" Finn blickte über Seans Schulter in das leere Wohnzimmer und dann zurück zum leeren Herd, und seine Augen weiteten sich. „Ist es Tante Eileen? Ist ihr etwas passiert? Hat dieser Mann …" Ein zunehmender Anflug von Panik durchdrang jedes Wort.

„Nein. Nichts dergleichen." Sean blickte sich in der leeren Küche um. Er erinnerte sich an Eileen, die verzweifelt versuchte, für die Familie und die Farmarbeiter zu kochen. An den mitleiderregenden Blick voller Frustration und Entschlossenheit, als sie mit Mehl bedeckt dastand und sorgfältig Helens Brötchen-Rezept befolgte. Die ersten Versuche waren direkt im Mülleimer gelandet. Mit der Zeit wurden sie immer schmackhafter, bis er eines Tages nach Hause kam und nirgends in der Küche ein bisschen Mehl zu sehen war. Eileen hielt ihm eine Schüssel mit warmen Keksen hin, grinste über beide Ohren und erklärte ruhig: *Ich glaube, ich habe den Dreh raus.*

„Nichts dergleichen?" Die Besorgnis blieb in Finns Gesicht verankert

„Deine Tante ist heute Abend auf einem …", die Worte blieben ihm im Mund stecken, „Date."

Finn nickte, sagte aber nichts. Er trat ein paar Schritte zurück, lehnte sich an die Küchentheke und wartete.

Da Sean nicht wusste, was er sonst noch sagen sollte, wandte er sich zum Kühlschrank, holte eine abgedeckte Schüssel heraus und stellte sie wieder zurück. Er hatte keinen wirklichen Hunger mehr. Das Gleiche galt für das Bier. Er hielt es in der Hand und las das Etikett, als hätte er es noch nie zuvor gesehen. Dann stellte er es zurück. Vielleicht wäre heute Nacht eine gute Nacht, um mit der Sonne einzuschlafen.

Finn schlug die Knöchel übereinander und räusperte sich. „Ich schätze, ich würde nicht weit daneben liegen, wenn ich sage, dass diese Vorstellung bei dir nicht gut ankommt?"

„Es ist nicht das Was, es ist das Wer." Sean fuhr sich grob mit der Hand über den Nacken. „Er hat sie nicht verdient."

„Ich verstehe."

„Tust du das?" Er nahm den Deckel von der Keksdose und holte ein paar Haferflocken-Rosinen-Kekse heraus. Nicht, dass er hungrig war oder Lust auf Süßigkeiten hatte, aber das Festhalten und Kauen gab ihm etwas zu tun.

„Ja. Ich glaube, das tue ich, aber ich frage mich, ob du es tust."

Sean bot seinem jüngsten Sohn, dem seit dem Tag seiner Geburt weisen alten Mann in einem jugendlichen Körper, einen Keks an.

Kopfschüttelnd stellte Finn eine weitere Frage. „Ist ihr Ex das Problem oder ist niemand gut genug für sie?"

„Du denkst zu viel nach. Dieser Typ hat ihr nicht den Respekt entgegengebracht, den sie verdient. Wie konnte er von ihr erwarten, dass sie sich zwischen einem hilflosen Baby und ihm entscheiden würde? Alles, was sie sich gewünscht hatte, war mehr Zeit. Es ist nicht so, dass sie mit einem Fuß im Grab und mit dem anderen auf einer Bananenschale stand. Die Zeit war auf ihrer Seite.“

„Sie hatte die Hochzeit mehr als einmal verschoben.“

„Es passieren Dinge, die außerhalb unserer Kontrolle liegen.“

„Vielleicht dachte er, sie würde ihn nicht wirklich lieben.“

„Quatsch. Sie weinte wochenlang, nachdem er aufgelegt und sich geweigert hat, den Termin erneut zu verschieben.“

„Wochenlang?“ Finn zog eine Augenbraue hoch. „Klingt nicht so, als hätte sie um die Liebe ihres Lebens getrauert.“

„Er war nicht die Liebe ihres Lebens.“ Sean wirbelte herum und griff nach einem weiteren Keks. Vielleicht hatte sich der Typ verändert, vielleicht könnte Glenn dieser besondere Mensch sein und vielleicht sollte er doch dieses Bier trinken.

„Dann sehe ich das Problem nicht.“

„Das Problem ist …“ Sean blieb stehen und starrte seinen Sohn an. Finns Augen funkelten vor Freude und der Junge lächelte fast. „Das ist nicht zum Lachen.“

„Nein.“ Er schluckte das Grinsen hinunter, das sich auf seinem Gesicht auszubreiten drohte. „Aber ich frage mich, was nötig ist, um dir die Augen zu öffnen.“

„Mir die Augen zu öffnen? Du sprichst in Rätseln.“

„Nein, es ist wirklich ganz einfach und ganz klar. Zumindest war es das für die meisten von uns in den letzten Jahren.“

„Noch mehr Rätsel.“

„Dad.“ Er sprach, als wollte er einem Vierjährigen Molekularbiologie erklären. „Seit über zwanzig Jahren bist du in jeder Beziehung mit Tante Eileen verheiratet, bis auf das gemeinsame Schlafzimmer.“

„Wir haben nie –“

Finn hob die Hand. „Ich weiß. Wir alle wissen das.

Aber das ändert nichts an den Fakten. Ihr seid zusammen durch dick und dünn gegangen, wart füreinander da während Schmerz und Kummer, bei Windpocken und Masern, in guten und in schweren Zeiten und vor allem in Krankheit und Gesundheit. Und bis zum heutigen Tag habt ihr wahrscheinlich beide geglaubt, bis der Tod euch scheide."

„Du bist verrückt. Ich habe immer gewusst, dass eines Tages der richtige Mann für deine Tante kommen würde. Als Grace in die High School kam, war ich überrascht, dass noch niemand gekommen war."

„Warum sollten sie auch? Sie brauchte keinen Ehemann. Sie hatte dich."

Er wirbelte herum und schrie praktisch: „Sie hatte mich nicht."

„Dad." Finn stand auf. „Du kannst mit jedem von uns bis zum jüngsten Gericht darüber streiten, aber es wird nichts an der Realität ändern. Ich glaube, du bist schon so lange in Tante Eileen verliebt, dass du dich nicht an eine Zeit erinnern kannst, in der du es nicht gewesen bist." Sean öffnete den Mund, um zu protestieren, und Finn riss seine Hand nach oben. „Ich bin nicht auf der Suche nach Streit oder einem Kreuzverhör. Ich sage nur: Wenn es dich so sehr stört, dass dieser Typ nett zu Tante Eileen ist, dann ist es vielleicht an der Zeit, dass du etwas dagegen unternimmst."

Verblüfft stand Sean schweigend da und starrte Finn hinterher, der sich umgedreht hatte, das Haus durchquerte und zur Vordertür hinausging.

Der Junge hatte den Verstand verloren. Und wenn alle seine Kinder Finn zustimmten, dann waren sie alle völlig verrückt. Oder etwa nicht?

KAPITEL DREIZEHN

Aus dem Nichts tauchten schwarze Wolken auf. Das war nicht das erste oder letzte Mal, dass sich unerwartet ein Sturm zusammenbraute. Ob er an ihnen vorbeiziehen oder seine flüssige Wut freisetzen würde, war noch abzuwarten.

Das Gespräch im Pub hatte sich wieder zu Adam und Meg verlagert. Rick unterhielt sich weiterhin mit Jamie über Bier und verkostete mit ihm zusammen ein paar Flaschen. Sean hatte Brittany zu Connor zurückgebracht und Garrett war mit Fancy gekommen. In der Ecke des Wohnzimmers war der Fernseher angeschaltet worden, auf dessen Bildschirm die Farben Orange und Rot herumwirbelten. „Oh, das sieht nicht gut aus", murmelte Eileen.

Ethan schüttelte den Kopf. „Scheint direkt an uns vorbeizuziehen und nach Butler Springs zu wandern."

„Für das gesamte County gilt Tornadowarnung bis zwanzig Uhr." Meg wischte sich die Hand an einem Spüllappen ab und betrat den Raum. „Adam sagt die Termine für alle ab, die nicht in der Stadt wohnen."

Eileen schaute auf den Bildschirm und drehte sich zu Glenn um. „Wir sollten den heutigen Abend wahrscheinlich verschieben. Stürme können hier ganz schön heftig werden, und dieser Sturm steht uns direkt im Weg."

„Scheint sich auch ziemlich schnell zu bewegen", stimmte er zu.

„Ein andermal?" Sie lächelte zu ihm auf.

„Lass mich sehen, ob ich die Videokonferenz auf einen späteren Zeitpunkt verschieben kann, dann machen wir uns auf den Weg zurück zur Ranch."

Eileen schüttelte den Kopf. „Das bringt dich auf der Heimfahrt mitten ins Getümmel und auf diesen einsamen Straßen ist das keine gute Idee."

„Ich glaube auch nicht, dass es jetzt eine gute Idee ist, zur Ranch zurückzufahren." Meg zeigte auf den Bildschirm.

„Sie hat recht." Ethan zuckte mit den Schultern. „Das Ding könnte schneller werden oder die Richtung ändern."

Eileen starrte einen Moment lang auf den Bildschirm. „Es hat noch nicht angefangen zu regnen und der Sturm kommt von der anderen Seite von Tuckers Bluff. Ich sollte es ohne Probleme nach Hause schaffen."

„Ich weiß nicht –", begann Ethan.

„Ethan Patrick Farraday, ich fahre diese Straßen in West-Texas schon länger als du sprechen kannst. In diesem großen alten Truck bin ich sicher. Ich verschwende besser keine Zeit, um mit dir zu diskutieren. Ich muss mich auf den Weg machen."

An der Art und Weise, wie Ethan auf seine Backenzähne biss, wusste sie, dass er darüber nicht glücklich war, aber sie wusste auch, dass er nicht mehr widersprechen würde. Sie drehte sich um, um sich zu verabschieden, und entdeckte Garrett, dessen Blick vom Bildschirm zurück zu seiner Leadsängerin wanderte. Die Art, wie der Mann Fancy ansah, ließ Eileens Gedanken noch einmal in eine lang vergangene Zeit zurückschweifen. Hatte Glenn sie auch so angesehen?

„Wenn du fahren willst", unterbrach Ethan ihre Gedanken, „dann besser schnell. Und ruf an, wenn du nach Hause kommst.“

„Aye, aye, Captain.“ Sie verzichtete aufs Salutieren. Ethan verdrehte nur die Augen. Sie wünschte, sie könnte weiter am Gespräch über Brittany teilnehmen, aber ein Teil von ihr wollte zu Hause sein. Sie drehte sich um, winkte allen zum Abschied zu und hielt inne, um Glenn anzulächeln. „Ruf mich an, wenn du mit deiner Videokonferenz fertig bist, und wir kümmern uns um dein Auto.“

Mit fest zusammengepressten Lippen warf Glenn einen Blick aus dem Wohnzimmerfenster und zurück, bevor er nickte. „Pass auf dich auf.“

Es war nicht das erste Mal in den letzten Tagen, dass ein Mann das zu ihr sagte. „Wird gemacht.“ Und mit diesen Worten eilte sie hinaus zum Truck.

Die Wolken wurden dunkler und sie musste sich sputen. Sorgen über Blitzschläge, Hagel, Stromausfälle und Generatoren vermischten sich mit Auftritten, Gesang, abgesagten Hochzeiten und wiederauflebenden Träumen. Die Träume waren, was hängen blieb. Singen – nein – auftreten. Das war nicht dasselbe wie im Supermarkt oder bei einer Familienhochzeit zu singen. Sie konnte es nicht leugnen und jetzt konnte sie nur noch daran denken, wie sehr sie das wollte. Um es noch einmal zu versuchen.

Ein Blitz zuckte über den Himmel und weckte neue Gedanken. War das Singen alles, was sie wollte? Sie hatte heute Spaß mit Glenn gehabt. Auch wenn die Schwestern sie fast zu Tode erschreckt hatten. Es war … schön gewesen, Glenn an ihrer Seite zu haben. Die Mauer aus so vielen Jahren der Wut und des Schmerzes bröckelte so weit, dass längst vergessene Erinnerungen an glücklichere Zeiten wieder an die Oberfläche kamen. Sie und Glenn waren ein gutes Paar gewesen.

Am Fuß der Auffahrt zur Ranch erhellte ein weiterer Lichtblitz das Innere des Lastwagens, kurz bevor ein Knall die Fensterscheiben klirren ließ. Das war auf jeden Fall zu nah gewesen, um sich wohlzufühlen. Sie hielt an der Seite des Ranchhauses an, schnappte sich ihre Handtasche und rannte zur Veranda, Sekunden bevor Regentropfen auf sie niederprasselten. Eine Minute später und sie hätte heute zum zweiten Mal geduscht. Eileen stampfte auf der Veranda den Staub von ihren Stiefeln und lauschte dem Geräusch des Regens, der auf das Dach prasselte, und der Musik. Musik?

Für den Bruchteil einer Sekunde zögerte sie, den Türknauf zu drehen. Machten Finn und Joanna sich einen schönen zweisamen Abend? Sie ging den Weg zurück und spähte auf der Suche nach dem Truck ihres Neffen um den Rand des Hauses herum. Nicht hier. Das Gleiche galt für Joannas Auto. Der andere Ranch-Truck stand jedoch an seinem gewohnten Platz. Sean hatte noch nie Musik aufgelegt.

Sie drehte sich um und hörte aufmerksamer zu. Ein gelegentliche Regenschwall übertönte die Melodien auf der anderen Seite der Mauer. Sie drehte langsam den Knauf und öffnete die Tür weit genug, um eine vertraute Melodie und Stimme zu hören. Ihre Stimme.

Du bist in Tante Eileen verliebt.

Fast zwanzig Minuten lang, nachdem Finn aus der Tür gegangen war, diskutierte Sean mit einem leeren Raum. Sein Sohn hatte den Verstand verloren. Natürlich verstand er Eileen, respektierte Eileen, schätzte Eileen und ja, liebte sie sogar. Er liebte auch Anne, aber das bedeutete nicht, dass er in eine von beiden verliebt war.

Alles bis auf das Schlafzimmer geteilt.

Wenn sein Sohn ein paar Meter näher gewesen wäre, hätte Sean Finns Mund mit Seife ausgewaschen. Einen solchen Kommentar hatte sie nicht verdient. Eileen hatte für ihn und die Kinder alles aufgegeben. Sie war gut und ehrlich und liebevoll und fürsorglich und klug und schön, und ja, sie war verdammt sexy, aber das bedeutete nicht … *verdammt sexy?*

Etwa in dem Moment, als diese Worte in seinem Kopf wie eine Flipperkugel auf Steroiden herumsauste, kramte Sean das alte Album hervor, das Helen so oft aufgelegt hatte. Er hatte sich die gesamte erste Seite der LP angehört und der erste Song auf der Rückseite fing gerade an. Bilder von Eileen im Pub – die Augen geschlossen, die Stimme das perfekte Instrument für die sinnliche Jazzmelodie – tanzten zu den Rhythmen aus den Deckenlautsprechern. *Verliebt.* Sein Sohn musste sich irren. Er konnte in seinem Leben nicht noch eine weitere Frau verlieren. Seine Schwägerin gehen zu lassen war eine Sache – aber eine Lebensgefährtin zu verlieren. Finn musste sich irren.

Vielleicht ist es an der Zeit, dass du etwas dagegen unternimmst.

Sean holte tief Luft. Wann hatte sich alles verändert? Wie lange war es her, dass er aufgehört hatte, Eileen als die Schwester seiner Frau zu sehen? Er musste sich der Wahrheit stellen, denn es musste so lange her sein, dass er keine Ahnung hatte, wann es passiert war. Aber war er deswegen *verliebt*?

Die Vordertür öffnete sich und Sean stand von seinem Platz auf und beeilte sich, die Musik auszuschalten, bevor einer seiner Söhne die Stimme erkannte und das nutzte, um Finns Standpunkt weiter zu verdeutlichen. Er verlangsamte sein Tempo und schloss die Augen. *Ich denke, der Mann protestiert zu sehr.* Hatte er gerade wirklich Helens Stimme gehört, die über sein plötzliches Panikgefühl lachte?

„Ich wusste nicht, dass du dieses Album noch hast." Eileen näherte sich langsam der Stereoanlage und lächelte. „Nicht schlecht."

„Besser als nicht schlecht. Viel besser." Er nahm den süßen Ausdruck auf ihrem Gesicht wahr, als sie ihrer eigenen Stimme lauschte, die *Summertime* sang. Wunderschön beschrieb sie nicht einmal ansatzweise. Kein Wunder, dass Glenn zurück war. „Ich dachte, du gehst zum Abendessen aus?"

„Ein Sturm zieht auf. Ich hielt es nicht für sicher, bis nach Butler Springs zu fahren."

„Du hättest in der Stadt bleiben können."

Sie zuckte träge mit den Schultern. „Für den Fall, dass etwas passiert, bin ich lieber zu Hause."

„Etwas?" Wie lange würde sie dies noch als Zuhause betrachten? Als ihr Zuhause.

„Weißt du", sie hob ihr Kinn in Richtung der Gaslaternen auf dem Regal, „Stromausfall, Wassereinbruch, was auch immer." Der Donner grollte über ihr und sie schauderte, bevor sie einen Schritt näher an die Regale trat. „Die könnten wir heute Abend brauchen."

Als wollte er ihren Standpunkt untermauern, meldete sich der Donner erneut ohrenbetäubend zu Wort, und Sean nickte. „Gut, dass die Generatoren betriebsbereit sind."

Er streckte seinen Arm nach vorne, seine Hand berührte ihre und zum ersten Mal in seinem Leben hätte er schwören können, dass die statische Elektrizität im Raum zu hoch war. Und so wie Eileen ihre Hand zurückzog und ihn ansah, würde er vor Gericht schwören, dass sie es auch gespürt hatte.

Mit einem verlegenen Schnauben trat er einen Schritt zurück und sammelte sich. Er ließ seiner Fantasie freien Lauf. Finns Andeutungen übernahmen sein Denken. Er nahm eine Gaslampe vom Regal uns stellte sie in die Mitte des Couchtisches.

Eileen stellte die andere auf der gegenüberliegenden Seite des Raums auf den Beistelltisch neben der Stereoanlage. „Ich mache uns etwas zu essen."

Sean nickte und folgte ihr in die Küche. Nicht, dass er einen Bissen zu sich nehmen könnte. Sein Kopf und sein Herz waren völlig aus dem Gleichgewicht geraten. Während des nächsten Liedes bewegten sie sich Seite an Seite, Sean schnitt Gurken für einen Salat, Eileen stellte einen kleinen Auflauf aus dem Kühlschrank in den Ofen. Der Tisch war gedeckt und die Getränke waren eingeschenkt.

Ein Lied klang aus und die seidene Melodie von *Somewhere* durchbrach die Stille.

Vielleicht ist es an der Zeit, dass du etwas unternimmst.

Als er sich zu Eileen umdrehte, erinnerte er sich daran, dass alles, wofür es sich zu kämpfen lohnte, das Risiko auch wert war. Er streckte seine Hand aus und räusperte sich. „Darf ich um diesen Tanz bitten?"

Eileen blinzelte verwirrt, und für den Bruchteil einer Sekunde dachte er, sie würde seine Bitte vielleicht als Albernheit abtun und ihn zurückweisen, doch das tat sie nicht. Ihre Mundwinkel hoben sich leicht, als sie seine Hand ergriff.

Er drehte sie in seine Arme und folgte mit ihr dem Rhythmus. Er war dankbar für die geräumige Küche und ignorierte Schwester Mary Roses Ermahnung, beim Tanzen immer genügend Platz für den Heiligen Geist zu lassen. Eileen passte perfekt in seine Arme. Wenn sie noch etwas näher zu ihm käme, würde ihr Kopf perfekt unter seinem Kinn verschwinden.

Gerade wollte er nichts mehr, als sie noch enger an sich zu ziehen. Doch stattdessen wirbelte er sie herum, und als sie wieder zu ihm glitt und sich an seine Schulter schmiegte, verlangsamte er seine Schritte, atmete ihren Duft ein und genoss das Gefühl, sie in seinen Armen zu spüren.

Der letzte Refrain wurde gespielt. Eileens vor Jahren aufgenommene Stimme erklang laut und kraftvoll und hielt jeden Takt. Sean wünschte, dieses Lied, dieser Moment würde nie enden. Er war in Schwierigkeiten. Vor allem, wenn er tat, woran er dachte. Was er wollte. Die Musik verstummte. Im Raum herrschte eine schwere Stille. Das Einzige, was er hören konnte, war das Schlagen seines eigenen Herzens und dann das durchdringende schrille Kreischen des Wetteralarms.

Er löste sich, senkte den Blick und trat zurück. Ihre beiden Stimmen überschlugen sich: „Tornado.“

„Tornadowarnung.“ Ethan sprang von seinem Platz auf dem Sofa auf.

Fancy blinzelte. „Tornado?“

„Tornadowarnung“, wiederholte Ethan.

Fancy wandte sich zu Garrett, der lediglich mit den Händen winkte und mit den Schultern zuckte.

„Waschküche. Schnell.“ Meg deutete zum Flur, wirbelte herum und eilte gerade rechtzeitig zum Fuß der Treppe, um zu sehen, wie Glenn die Stufen herunterraste.

„Ist es das, was ich denke?“, fragte er und folgte Meg zurück in die Küche.

Allison blickte zur Treppe. „Ist sonst noch jemand im Haus?“

„Nein.“ Ohne langsamer zu werden, schnappte sich Meg eine Taschenlampe von einem Regal in der Küche und ging weiter. „Alle anderen haben heute ausge-checkt.“

Fancy folgte der Menge und kam zu dem Schluss, dass es sich um so etwas wie eine Erdbebenwarnung in Kalifornien handeln musste, nur dass sie sich nicht in den Türrahmen stellten, sondern sich auf den Weg zur Waschküche machten. Dabei war sie sich jedoch nicht ganz sicher, warum.

Ihre Verwirrung musste sich auf ihrem Gesicht abgezeichnet haben. Nachdem sie die Schwelle in die überraschend große Waschküche überquert hatten, schloss Ethan die Tür hinter sich und erklärte: „Tornadowarnstufe bedeutet, dass die Wetterbedingungen gut für Tornados sind. Warnung bedeutet, dass einer in der Nähe entdeckt wurde und wir Schutz suchen müssen."

„Die Waschküche", murmelte sie.

„Für uns, ja", sagte Meg. „Es ist der einzige fensterlose Raum im Erdgeschoss des Hauses. Einige der alten Ranchhäuser haben echte Sturmkeller, aber das ist das Beste, was wir haben."

Im geschlossenen Raum stand Fancy auf einer Seite an der Wand und Garrett auf der anderen.

Meg öffnete die Türen zu einem großen Wandschrank und holte mehrere Kissen, Decken und weitere Taschenlampen heraus. „Wenn jemand Hunger hat, habe ich hier auch Snacks und Wasser."

„Wie lange werden wir eurer Meinung nach hier festsitzen?", fragte Garrett.

Die Arme mit weiteren Kissen beladen, drehte Meg ihren Kopf über ihre Schulter. „Wenn der Tornado uns nicht erreicht, wird es nicht lange dauern. Vielleicht weniger als eine Stunde, bis wir Entwarnung bekommen."

„Und wenn er uns erreicht?" Fancy fand die Vorstellung eines Tornados noch beunruhigender als die eines Erdbebens.

Ethan, Allison und Meg wechselten einen kurzen

Blick, aber Ethan war derjenige, der antwortete: „Aufs Beste hoffen."

„Was ist mit Adam?" Fancys Blick schoss zur geschlossenen Tür.

Meg legte etwas, das wie Sonnenliegekissen aussah, auf den Boden. „Er wird zusammen mit seinem Personal und allen Tieren in der Klinik bleiben."

„Oh, der Hund." Fancy rang nach Luft.

„Hund?" Meg erstarrte, als sie gerade ein weiteres Kissen auslegen wollte. „Welcher Hund?"

„Der schöne Wolfshund."

Diesmal wirbelten mehr als ein Kopf herum und starrten sie an.

„Zuerst dachte ich, es wäre ein Wolf, aber er war so freundlich und gut erzogen, dass mir klar wurde, dass es sich um einen Mischling handeln musste."

Als Fancy Megs immer noch verwirrten Gesichtsausdruck sah, fuhr sie fort: „Du weißt schon, der, der die Tierarztpraxis bewacht."

Megs „Du weißt, wo Adams Tierklinik ist?" kollidierte mit Ethans „Wann hast du diesen Hund gesehen?"

Garrett griff nach ihrer Hand und drückte sie, bevor er sich zurückzog und ihr mit einem Nicken sagte, sie solle ihre Geschichte erzählen.

„Ich denke, ich sollte am Anfang beginnen."

„Das wäre gut." Ethan verschränkte die Arme.

Fancy betrachtete die Kissen, die zusammen mit Decken, Snacks und Taschenlampen auf dem Boden verteilt waren. „Wir könnten es uns auch bequem machen. Das wird eine Weile dauern."

KAPITEL VIERZEHN

Die Hintertür zur Ranch wurde aufgerissen, und Connor flog herein. Er hatte Stacey in seine Arme gehüllt. Catherine folgte ihm dicht auf seinen Fersen mit Brittany an ihrer Brust. „Paul Brady hat angerufen, um uns mitzuteilen, dass östlich von seinem Haus ein Tornado gesichtet wurde und er in diese Richtung unterwegs ist."

Die gelegentliche Notwendigkeit, im Sturmkeller Schutz zu suchen, war eine Tatsache, die mit dem Leben in der Tornado Alley einherging. Es wäre nicht das erste Mal, dass die Farradays einen Sturm im alten Keller überstanden hätten. Das ursprüngliche Gehöft verfügte über einen Rübenkeller. Irgendwann wurde er in einen Sturmkeller umgewandelt und Seans Vater war derjenige, der diesen ausbaute und modernisierte, damit seine Familie sicher sein würde, selbst wenn Dorothy und die böse Hexe des Westens auf einem Tornado aus Kansas vorbeiritten.

Sean blickte mit zusammengekniffenen Augen aus dem Küchenfenster. „Der Himmel sieht hässlich aus. Wir sollten uns besser beeilen."

Kaum war Sean durch die Hintertür hinausgegangen, wurde der Wind, der bereits stark genug war, um eine Henne von den Beinen zu wehen, noch stärker und schleuderte ihn fast ins Haus zurück. Sean blieb dicht bei seinem Sohn und seiner Schwiegertochter, legte seinen Arm um Eileen und kämpfte sich mit ihnen die paar Meter zu den Kellertüren vor, die fast aus den Angeln flogen, als er sie aufzog.

Im selben Moment blickten Eileen und Sean zu den grimmigen Wolken auf. Sie konnte fast spüren, wie die Luft stockte, als jeder von ihnen einatmete, bis sie leise murmelten: „Oh, Scheiße."

Eine der ersten Sachen, die sie über Stürme in Texas gelernt hatte, war, dass man sicher war, wenn man einen Tornado über den Horizont ziehen sah. Wenn er hingegen stillzustehen schien, sollte man die Beine in die Hand nehmen, da das Ding direkt auf einen zukam. Dieser dünne Trichter in der Ferne tanzte auf der Stelle.

„Was ist mit den Tieren?" Catherine zeigte über ihre Schulter, als sie die Stufen hinunterstieg.

Eileen kauerte hinter Connor und folgte Catherine die Treppe hinunter, und erst als die Türen geschlossen und hinter ihnen verriegelt waren, antwortete Sean. „In den Ställen sind sie sicherer. Wenn das Ding seinen Kurs nicht ändert, verliert der Stall möglicherweise sein Dach, aber die Tiere sind dort in Sicherheit."

Trotz Catherines gerunzelten Stirn war zu sehen, dass sie ihrem Schwiegervater glaubte, auch wenn sie seine Argumentation nicht genau verstand.

„Alle Sinne, die einem Pferd unter normalen Wetterbedingungen sagen, wohin es gehen soll, verschwinden im Chaos eines aufziehenden Tornados. Darüber hinaus können herumfliegende Trümmer von Zaunpfosten und abgedeckten Dächern genauso tödlich sein wie der Tornado selbst. Dort, wo sie sind, wird es ihnen gut gehen."

Es war erst das dritte Mal in all den Jahren seit Eileens Einzug, dass ein Tornado nahe genug war, dass sie in den Keller rennen und Schutz suchen mussten. Eileen gefiel dieses ängstliche Gefühl jetzt genauso wenig wie die letzten beiden Male. Damals waren die

Tornados auf den Weiden umhergetanzt, waren aber nicht nahe genug an die Ranch herangekommen, um Schaden anzurichten. Allerdings hatte sie keinen gesehen. Die Härchen an ihrem Arm stellten sich auf und ein eisiger Schauer lief ihr über den Rücken.

In diesem Moment scherte sie sich nicht um das Singen, die Auftritte, um Glenn oder ihre vergessenen Träume. Sie wollte nur, dass ihre Familie in Sicherheit war. Jeder einzelne von ihnen. Ihr Blick wanderte zu dem Mann, der neben ihr saß, seinen Arm schützend um sie gelegt hatte und seinen Blick auf die Türen richtete. Anspannung und Besorgnis zeichneten sich deutlich auf seinem Gesicht ab. Vielleicht hätte sie nichts gegen einen weiteren Tanz mit Sean Farraday.

„In San Diego zu wohnen hat mein Leben immer schlimmer gemacht", begann Fancy und ignorierte das stille Zittern ihrer Schwester.

Sofort bedeckte Ethan Allisons Hand mit seiner.

„Dieser Drecksack Damien hatte mich davon überzeugt, dass er meine Eintrittskarte zu Hollywood-Ruhm und -Reichtum wäre. Auch nach den ersten Konfrontationen mit dem Gesetzt wegen der Drogendelikte und nachdem er mich nach San Diego geschleppt hatte, glaubte ich immer noch an ihn. Ich hatte Angst, es nicht zu tun." Sie zog ihre Hand unter der von Garrett hervor und rieb beide Handflächen an ihren Beinen. „Manchmal bin ich vielleicht etwas langsam, aber völlig dumm war ich noch nie. Als ich zum zweiten Mal fast im Gefängnis gelandet wäre, um den Kopf für ihn hinzuhalten, meldete sich der wenige gesunde Menschenverstand, den Mom mir eingebläut hatte."

Allisons unglücklicher Gesichtsausdruck hellte für einen Moment auf, als sie ihre Mutter erwähnte.

„Das Problem, mit dem ich zu kämpfen hatte, war, dass ich ohne Damien kein Geld hatte, keinen Ort, an den ich gehen konnte, und auch niemanden, an den ich mich wenden konnte."

„Also bist du im Salty Dog gelandet", sagte Ethan.

Fancy nickte. Jetzt, wo ihr Leben so etwas wie Normalität angenommen hatte, ließ sie die Vorstellung, dass dies der erste Ort war, an den sie gehen wollte, um einen Ausweg zu finden, tatsächlich vor ihrer eigenen Dummheit zusammenzucken. Nun ja, vielleicht nicht ganz so dumm. Sie hatte dort schließlich Ethan gefunden.

„Verzweiflung bringt einen Menschen dazu, Dinge zu tun, die kein vernünftiger Mensch tun würde. Dazu kommt, dass ich vielleicht etwas zu viel getrunken hatte." Ihr Blick wanderte zu Ethan, der schweigend ihrer Seite der Geschichte lauschte.

Immer der Gentleman. So viel hatte sie in den wenigen Tagen, die sie zusammen verbracht hatten, über ihn erfahren. Er würde auf keinen Fall bestätigen, wie sie sich verhalten hatte, aber er wusste, dass sie verdammt viel mehr als nur beschwipst gewesen war. Und sie wusste es auch, aber es jetzt zu sagen, fiel ihr … schwer.

Sie faltete die Hände im Schoß und bemerkte ein Poster mit Sonnenblumen an der Wand. Typisch Meg, warm und sonnig, auch beim Wäschewaschen. Sie behielt das positive Bild im Auge und trieb ihre Geschichte voran. „Da musste ich mich für das kleinere von zwei Übeln entscheiden."

Ethans Augenbrauen schossen hoch.

Seine beinahe komische Reaktion reichte fast aus, um Fancy zum Lächeln zu bringen. Fast. Dann erinnerte sie sich wieder an den blanken Schrecken, der sie überkam, als ihr klar wurde, dass der Seemann, der ihr den ganzen Alkohol ausgegeben hatte, entschlossen war, eine Gegenleistung für seine *Großzügigkeit* zu bekommen und nicht kleinbeigeben würde. „Der sabbernde Betrunkene mit dem festen Griff, oder der finster dreinblickende Berg eines Mannes, der den Mut hatte, es mit dem Grabscher aufzunehmen."

„Ich nehme an", Ethan zuckte halbherzig mit den Schultern, „finster dreinblickend ist geringfügig schmeichelhafter als das kleinere von zwei Übeln."

Fancy schaffte es nicht, über das auflockernde Zugeständnis zu lächeln. Die Angst, die ihr Herz in dem Moment einnahm, in dem sie sich hatte entscheiden müssen, kam genauso bedrohlich zurück wie in jener schicksalhaften Nacht. „Jedenfalls habe ich eindeutig die richtige Wahl getroffen, und als einige Tage vergangen waren und ich zu Kathy gezogen war, hatte ich ein besseres Gespür dafür, was ich tun musste. Einen richtigen Job finden, auch wenn das wieder bedienen bedeutete. Und einen richtigen Agenten finden, wenn ich es noch einmal in Hollywood versuchen wollte. Doch kaum hatte ich einen Job gefunden und wieder mit der Agentensuche begonnen, wurde mir klar, dass ich schwanger war."

Allison und Ethan nickten nahezu gleichzeitig. Das brachte Fancy zum Lächeln. Sie fragte sich, ob ihnen bewusst war, wie ähnlich sie sich waren, fast wie ein Set aus Salz- und Pfefferstreuer.

„Ich dachte, es wäre ein Zeichen. Ein Neuanfang. Ein neues Ich. Nur", sie holte tief Luft, „das war kein neues Ich. Es machte mir Angst. Ich habe mein Bestes gegeben. Das habe ich wirklich. Ich wollte nicht, dass sich jemand anderes um sie kümmert. Ich habe niemandem vertraut, aber man kann nicht arbeiten und sich um ein Baby kümmern. Ganz zu schweigen vom Schlafmangel. Die Hälfte der Zeit war ich mir nicht sicher, ob ich kam oder ging oder irgendwo in der Mitte feststeckte. Und das würde auch in den kommenden Jahren noch so weitergehen. Wie sollte ich sie dennoch zu einer klugen, fürsorglichen und rücksichtsvollen Person erziehen. So, wie ihr Vater es ist."

Die Muskeln an Ethans Kiefer begannen in wechselndem Rhythmus zu zucken.

„Alles an deiner Familie und deinem Zuhause schien so perfekt zu sein. Zu perfekt. Ich musste es herausfinden. Anhand der Informationen, die du mir gegeben hast, war es leicht, deine Familie ausfindig zu machen. Also sammelte ich jeden Cent, den ich hatte, packte Brittany in die Schrottkarre, die ich gekauft hatte, und machte mich auf den Weg nach Osten."

„Sie sind perfekt", sagte Meg von der anderen Seite des Raumes. „Es geht mich nichts an, aber diese Familie ist der Stoff, aus dem Filme gemacht sind."

Fancy nickte. Sie hatte es auch sehr schnell herausgefunden. „Ursprünglich wollte ich nur um Hilfe bitten."

„Du hättest zu mir kommen können", fügte Ethan hinzu.

„Das", seufzte sie, „war eine größere Herausforderung als gedacht. Ich hatte den Zettel mit deinen Kontaktinformationen verloren und die Marines kommen nicht gerade auf einen zu, wenn man ihre Soldaten erreichen will, zumindest nicht diejenigen, die sie für Dinge ausbilden, von denen ich wahrscheinlich nichts wissen möchte."

Er holte tief Luft und senkte das Kinn. Sie wussten beide, dass sie recht hatte.

„Und ich?", fragte Allison.

Fancys Herz stolperte über den verlorenen und doch hoffnungsvollen Gesichtsausdruck ihrer Schwester. „Südamerika."

Allison nickte.

„Jedenfalls weiß ich nicht, was ich erwartet habe, aber erst als ich in diese verschlafene kleine Stadt fuhr, wurde mir klar, dass es alles war, was meine Tochter über das Leben lernen sollte. Also nahm ich ein Zimmer in einem billigen Motel etwas außerhalb von Butler Springs und kam jeden Tag hierher zurück, um zu beobachten."

„Täglich?", fragte Ethan.

Fancy nickte.

„Für wie lange?" Allison blinzelte nachdenklich ihre Schwester an.

„Eine Woche."

„Eine Woche." Ethan wäre fast nach vorne gesprungen. „Du hast meine Familie eine Woche lang gestalkt?"

„Nicht gestalkt", sie schüttelte den Kopf, „beobachtet. Es stellte sich heraus, dass dein Bruder, der Tierarzt sich lieber vor einen Bus werfen würde, bevor er auf eine Ameise trat, dein Bruder, der Polizeichef, an seinen freien Nachmittagen mit einigen Teenagern aus der Gegend Basketball spielte – und übrigens, jeder Idiot konnte sehen, dass er in Adams Empfangsdame verliebt war. Der Arzt war ein Engel in Weiß, zumindest sagten das die beiden Ladies in der Boutique. Anscheinend ist er um einen Hauch schlechter als der Heilige, als den sie deinen jüngsten Bruder beschrieben haben."

„Ich bin mir nicht sicher, ob ich wissen möchte, was sie über mich gesagt haben." Ethan verlagerte sein Gewicht, ließ seine Frau aber nie los.

Jetzt fiel es ihr einfacher zu lachen. Fancy unterdrückte ein leises Kichern. „Ich kannte dich bereits. Wie auch immer, deine Tante genießt den Respekt der ganzen Stadt und dein Vater ist wie Roy Rogers. Es gibt keinen Menschen, den er nicht mag oder der ihn nicht mag. Und da wusste ich es. Das Beste, was ich damals für Brittany tun konnte, war, ihr eine normale Familie wie diese zu geben."

„Wie schafft man es, sich nicht mehr jede Sekunde lang Sorgen um sie zu machen und sie in einer Kiste vor dem Polizeirevier zurückzulassen?", fragte Ethan.

„Der Hund", antwortete Fancy, ohne nachzudenken. „Der, der jeden Morgen auf Adams Veranda saß."

Ein breites Grinsen breitete sich auf Megs Gesicht aus. „Oh, das wird guter Stoff für Joanna und ihre Geschichte über Tuckers Bluff und die Ranch sein."

„Wie bitte?", fragte Fancy.

Meg wedelte mit den Händen. „Nichts. Egal."

„Du sagst, du hast jeden Morgen einen Hund bei Adam auf der Veranda gesehen?", fragte Ethan.

Fancy nickte. „Ich schätze, er hat dort geschlafen und dann, kurz bevor das Personal eintraf, seinen Rundgang gemacht. Dann entdeckte ich ihn irgendwann in der Nähe unter einem Baum oder Strauch. Er behielt das Gebäude im Auge."

Ethan und Allison warfen sich einen flüchtigen Blick zu. Sie erzählten sich etwas, aber Fancy hatte keine Ahnung, was.

„Eins kann ich euch sagen, er ist ein ziemlich kluger Hund. Nach ein paar Tagen bemerkte er, dass ich die Klinik beobachtete und begann, mir zu folgen, wobei er immer Abstand hielt. Als er schließlich näher kam, ließ er sich immer in der Nähe von Brittany nieder. Ob ich deine Brüder oder das Café beobachtete, spielte keine Rolle. Lassie blieb an meiner Seite."

„Lassie?", fragte Meg.

Fancy lächelte. „Er erinnerte mich daran, wie Lassie sich immer um Timmy kümmerte. Es passte einfach."

„Hmm", murmelte Ethan.

„Sobald ich mich entschieden hatte, ging ich

zurück nach Butler Springs und erledigte den gesamten Papierkram, damit mein kleines Mädchen ein gutes Leben haben konnte. Wie ich schon sagte, zu dem Zeitpunkt war mir noch gar nicht in den Sinn gekommen, dass ich jemals aus dem Teufelskreis herauskommen könnte, den ich mir geschaffen hatte. Dann wartete ich darauf, dass dein Bruder zur Polizeistation ging. Als alle beschäftigt genug waren, um mich nicht durch die Türen sehen zu können, brachte ich Brittany mit Lassie an ihrer Seite sicher zum Eingang."

Allisons Augen wurden schmaler. „Aber du hast sie alleine gelassen. In einer Kiste."

„Technisch gesehen ja, aber erst, als ich gesehen hatte, wie Declan sie hochhob und nach drinnen brachte. Später an jenem Tag verpfändete ich den Autositz und ein paar andere Dinge, um das Geld zu bekommen, das ich zum Weitermachen brauchte. Ich wusste, dass deine Familie sich um alles kümmern würde, was sie brauchte."

„Und die Allergien. Warum hast du uns nichts gesagt?", fragte Ethan.

Das ergab keinen Sinn. „Welche Allergien?"

„Sie war allergisch gegen das Milchpulver, das D.J. für sie gekauft hatte."

„Das wusste ich nicht."

„Wie konntest du das nicht wissen?"

„Ich habe sie gestillt, bis ich sie bei deiner Familie zurückgelassen habe. Die Frau im Laden, die mir geholfen hat, die Säuglingsnahrung zu besorgen, sagte mir, dass die Marke, die ich gekauft habe, am besten für Babys geeignet sei. Sie war teuer, aber sie war es wert."

„Sie war in einer Plastiktüte."

„Ja", sagte sie. „Ich habe sie im Motel auf die nasse Theke gelegt. Die Schachtel war ruiniert, aber ich habe das gerettete Pulver in eine Tüte gepackt. Ich hatte kein Geld für eine neue Plastikbox."

Ein paar Sekunden lang zog sich ihre Brust bei dem Gedanken zusammen, ihr kleines Mädchen in Gefahr gebracht zu haben. Sie spürte, wie Ethans Blick sich in sie bohrte, sie musterte und einschätzte. Schließlich sah sie jedoch, wie Akzeptanz über sein Gesicht huschte. Er glaubte ihr.

Drei scharfe Sirenentöne signalisierten Entwarnung, aber niemand rührte sich. Alle Augen waren auf Fancy gerichtet.

Die Telefone von Meg und Allison summten mit einer Textnachricht, aber Ethans Telefon klingelte tatsächlich. Er warf einen Blick auf die Nummer und wischte über das Telefon. „Was ist los?" Der gedämpfte Klang einer Stimme am anderen Ende ließ Ethan aufspringen und nicken. „Auf dem Weg."

Den großen Augen von Meg und Allison zufolge hatten ihre Nachrichten nichts mit dem Wetter zu tun. Oder vielleicht doch.

Fancy war bereits auf den Beinen und näherte sich Ethan. „Was ist los?"

„Mindestens zwei Tornados sind vorbeigezogen. Einer davon bei den Bradys, der andere auf der Ranch."

„Oh mein Gott." Fancys Herz blieb fast stehen. „Brittany?"

Ethan schüttelte den Kopf. „Niemand geht ans Telefon."

KAPITEL FÜNFZEHN

Das Geräusch eines donnernden Güterzuges brachte alle Erwachsenen im Schutzkeller dazu, die beiden kleinen Mädchen noch näher an sich zu ziehen. Stacey war alt genug, um zu verstehen, was vor sich ging, und tat ihr Bestes, um Brittany zu unterhalten und zum Lächeln zu bringen. Die Türen klapperten und Sean rutschte zwischen die Tür und seine Familie, während Eileen ein stilles Gebet sprach.

Mehr als einmal hatte sie die Leute einen Tornado wie einen Zug beschreiben hören, aber sie hatte sich nicht vorstellen können, welche Auswirkungen dieses Geräusch auf den menschlichen Körper haben würde. Blanker Terror war das Erste, was ihr in den Sinn kam. Visionen aller Twister-Filme, die sie je gesehen hatte, in denen Kühe, Traktoren und ganze Häuser wie ein Football durch die Luft geschleudert wurden, ließen sie noch näher an ihre jüngsten Familienmitglieder heranrücken.

Als das Brausen des Windes nahezu verstummte, senkten sich die Türen und Ruhe kehrte ein. Kurz darauf wurde die friedliche Stille schon durch Connors Handy unterbrochen.

„Hallo?"

„Geht es allen gut?" Verzweiflung lag in Adams Tonfall.

„Ja. So weit ist alles gut."

„Wer ist bei dir?"

„Catherine, Dad, Tante Eileen und die Mädchen. Wir sind rüber, als Brady anrief. Unser Haus hat keinen Sturmkeller."

Man konnte Adam am anderen Ende fast nicken hören. „Gut. Das Ding ist an der Stadt vorbeigezogen. Uns geht es gut."

Sean öffnete die Kellertüren und kletterte vorsichtig hinauf. Connor folgte ihm dicht auf den Fersen. Oben angekommen pfiffen die beiden Männer.

„Was ist mit den Bradys?" Connor suchte die Gegend ab. „Wenn der Wirbelsturm, den sie entdeckt haben, derselbe war, der hier durchgezogen ist ..."

Eileen stieg mit Brittany auf dem Arm die Treppe hinauf und steckte ihren Kopf ins Freie. Was für ein Chaos. Die Zaunpfähle zwischen ihrem und Connors Haus waren herausgerissen und auf dem Feld herumgeworfen worden. Es sah aus wie bei einem Mikado-Spiel. Je nachdem, wie die restlichen Weidezäune aussahen, dürften sie in den nächsten Tagen alle Hände voll damit zu tun haben, streunendes Vieh einzutreiben. Die wenigen Bäume, die das Grundstück säumten, waren umgestürzt oder völlig verschwunden. In der Ferne stand ein Fahrzeug auf dem Kopf. Es handelte sich um Connors Truck. Eileens Herz blieb bei diesem Anblick fast stehen.

„Er muss zwischen uns hindurchgepflügt sein", murmelte Sean leise.

„Haben sich schon alle gemeldet?", fragte Connor seinen Bruder.

„Ihr wart die Letzten. Eure Telefone funktionierten nicht."

„Ich bin der Einzige, der sein Handy bei sich hatte, und während des Tornados hatte ich vermutlich kein Signal."

Adam spottete am anderen Ende der Leitung. „Was

du nicht sagst."

Eileen erreichte als Erste die Hintertür des Hauses und eilte hinein, um an das klingelnde Telefon zu gehen. Zweifellos rief sich die ganze Stadt gerade gegenseitig an, um sicherzustellen, dass alle in Sicherheit waren. „Hallo?"

„Oh, Gott sei Dank. Es geht dir gut." Es dauerte einen Moment, bis Eileen die hektische Stimme als die von Sally Mae erkannte. „Ich bin gerade die Straße hochgefahren, um nach Schäden zu suchen. Oh Gott, Eileen. Das Haus ist fast weg."

Eileens Herz blieb stehen. Sie konnte Sally Maes Hund bellen und das Hämmern von Schritten hören.

„Ich glaube, sie sind immer noch drinnen. Wir brauchen Hilfe. Schnell. Ihr seid am nächsten. Bring mit, wer da ist. Ich rufe als nächstes D.J. an."

„Wer ist noch drinnen?" Die ganze Familie von Eileen stand wie erstarrt neben ihr und wartete auf eine Nachricht.

„Die Bradys. Der Twister muss direkt über ihr Haus hinweggefegt sein!"

Nachdem Sean Farraday die Ladefläche seines Pickups mit Wasser, Decken, Schaufeln und allen anderen Gegenständen beladen hatte, die man brauchte, um eine Familie aus einem beschädigten Haus zu holen, drückte er das Gaspedal durch und flog praktisch die Auffahrt hinunter.

„Oh, ich hoffe, es ist nicht so schlimm, wie Sally Mae es klingen ließ." Eileen saß auf der Beifahrerseite des Trucks. Connor hatte seine Frau und die beiden Mädchen in einem der Ranchfahrzeuge zu ihrem Haus zurückgebracht und würde es dort ebenfalls beladen und sich dann der Gruppe anschließen.

Sean holte tief Luft. Mutter Natur konnte böse sein. Es war Jahrzehnte her, seit es in Tuckers Bluff zu so schweren Schäden gekommen war. Als er Eileen in seine Arme genommen und sich zu den Rhythmen eines längst vergessenen Liedes gewiegt hatte, hatte er nicht einmal im Traum daran gedacht, dass er als nächstes die Familie eines Freundes aus ihrem Haus retten müsste.

Ihr Nachbar war noch fast zwanzig Autominuten entfernt. Fünfzehn bei der aktuellen Geschwindigkeit. Als sie die leichte Anhöhe der Straße überquerten, von wo aus sie einen ersten Blick auf die ursprüngliche Brady-Ranch hatten, spürte Sean, wie sein Herz fast stehenblieb. Das schöne dreistöckige Haus mit der Holzverkleidung war kaum noch ein Stockwerk hoch.

„Oh nein." Eileen atmete erschrocken ein. „Sie haben keinen Keller."

Es war nicht nötig zu antworten. Sie wussten beide, dass die Familie irgendwo unter all dem Chaos zusammengekauert liegen würde. Jetzt stand er vor einem neuen Dilemma – wie konnte er seine Nachbarn befreien und Eileen davon abhalten, auf der Suche nach den Bradys über die gefährlichen Überreste eines Hauses zu kriechen? Einst war Eileen ein Stadtmädchen gewesen, doch jetzt konnte sie auf der Ranch fast alles tun, was er oder einer seiner Söhne tun konnten. Sie war eine beeindruckende Frau. Und sie würde ihm seinen Hintern auf einem Teller servieren, wenn er ihr sagte, sie solle sich verdammt noch mal von diesem Haus fernhalten.

Von dem Moment an, als Fancy in Adams Truck

gesprungen war und sich auf dem Weg zur Ranch befand, drohte ihr Herz aus ihrer Brust zu springen. Wenn sie geglaubt hatte, sie wüsste, was man unter Angst versteht, dann hatte sie sich geirrt. Seit dem Tag, an dem Brittany auf die Welt gekommen war, hatte Fancy sich nicht mehr so glücklich gefühlt, wie in dem Moment, als sie auf halbem Weg zum Familienanwesen hörte, dass alle Farradays den Tornado unbeschadet überstanden hatten. Nur die darauffolgende Nachricht über in Schwierigkeiten geratene Nachbarn der Familie hielt sie davon ab, wie eine Irre zu lächeln.

„Wie weit noch?", fragte Glenn.

„Gleich hinter der Kurve." Adam zeigte mit dem Kinn nach vorne.

Soweit Fancy sich erinnerte, war fast jede Straße von Dallas nach New Mexico gerade und langweilig. Diese kleine Ecke des Countys musste die einzige Straßenbiegung im gesamten Bundesstaat haben.

Meg schnappte nach Luft und hob langsam ihre Hand, um ihren Mund zu bedecken. Fancy hatte im Laufe der Jahre in den Nachrichten viele Fotos von Tornadoschäden gesehen, aber der Anblick dieses Hauses … Es wirkte, als wäre ein mächtiger Riese draufgetreten, und versetzte alle in Schrecken.

Meg, Glenn und Fancy fuhren mit Adam in seinem Truck. Garrett, Jamie, Rick und Brooks fuhren vor ihnen in dessen SUV. Aufgrund der Telefonate, die sie mitbekommen hatte, vermutete sie, dass sie nicht die Einzigen waren, die sich auf dem Weg zu den Bradys befanden.

Als sie von der Hauptstraße abbogen, standen tatsächlich bereits einige Trucks dichtgedrängt auf dem Grundstück. Brooks' SUV kam kreischend mitten auf der ehemaligen Haustür zum Stehen. Er sprang aus dem Wagen und rannte mit einer Tasche in der Hand auf die Menschenmenge zu, die sich bei den Trümmern versammelt hatte. Adam hielt hinter ihm. Türen öffneten und schlossen sich mit einem Klicken und die Leute eilten auf das Haus zu. Sie hatte keine Ahnung, was sie tun sollte, aber sie konnte nicht herumsitzen und warten.

Mit Rick an seiner Seite trat Garrett hinter sie. „Bist du in Ordnung?"

Sie nickte. Ungefähr so in Ordnung, wie man sein konnte, wenn man auf ein eingestürztes Haus starrte und wusste, dass noch Menschen darin gefangen waren. Von einem Holzhaufen, der früher einmal die Veranda gewesen sein musste, stieß ein Mann, den sie nicht kannte, einen Schrei aus. „Hier drüben."

Sofort machten sich die Leute auf den Weg in seine Richtung, wobei nur wenige Männer es wagten, hinaufzuklettern.

Tante Eileen eilte an ihr vorbei. „Ich lade das Wasser vom Truck ab. Willst du helfen?"

„Natürlich." Fancy schloss sich ihr an. Glenn und Rick eilten in die entgegengesetzte Richtung auf das Haus zu, wo sich eine Menschenkette gebildet hatte. Sie trugen Trümmer von der Stelle ab, an der die Leute vermuteten, die Familie sicher versteckt zu finden.

„Das ist meine Nichte. Grace." Tante Eileen deutete auf die Frau am Truck.

Die Nichte. Die, wegen der Tante Eileen nach Texas gekommen war. In vielerlei Hinsicht eine erwachsene Version ihrer Brittany. „Freut mich, dich kennenzulernen."

„Ebenso", antwortete Grace. Sie blieb an der offenen Heckklappe stehen und starrte ausdruckslos auf die gestapelten Kisten mit Wasser und anderen Dingen, die sie von der Ranch mitgebracht hatten.

„Grace?"

„Oh." Sie lächelte ihre Tante an. „Tut mir leid, ich denke nur über die Unsterblichkeit der Krabbe nach."

„Ja." Eileens Lächeln wirkte ziemlich wehmütig. „Ich auch."

Grace seufzte leise und wandte sich an ihre Tante. „Wo sollen die Sachen hin?"

„Ich habe etwas abseits einen Tisch aufgestellt." Eileen reichte eine Kiste Wasser weiter. „Dein Vater hat mich nicht in die Nähe des Gebäudes gelassen."

„Kann mir nicht vorstellen, warum." Grace unterdrückte ein Lachen.

Eileen richtete sich auf und blickte ihre Nichte an, und Fancy hätte schwören können, dass die Frau plötzlich fünf Zentimeter größer war. „Fang mir nicht damit an."

„Wäre mir nie in den Sinn gekommen." Mit gesenkten Armen lehnte sich Grace an ihre Tante und drückte ihr einen süßen Kuss auf die Stirn. „Ich liebe dich so, wie du bist. Wenn ihr den Rest alleine schafft, gehe ich und versuche dem Aufräumteam unter die Arme zu greifen."

„Geh." Eileen wandte sich von ihrer Nichte zu Fancy und stieg auf die Ladefläche, um die Wasserkisten näher an den Rand zu schieben.

„Unsterblichkeit der Krabbe?", fragte Fancy.

Das Lächeln auf Eileens Gesicht schien leichter in ihre Augen zu gelangen. „Das ist ein Ausdruck, den ihre Mom ständig benutzte. Helen war eine Quelle von Großmutterweisheiten. Am häufigsten sagte sie, *wenn man schnell geht, wird niemand es bemerken* und *jeder kann ein Geheimnis für sich behalten, solange zwei von ihnen tot sind.* Aber ihre Kinder antworten, wenn sie in Gedanken versunken sind, und gefragt werden, was sie denken, in Erinnerung an ihre Mutter am liebsten –"

„Die Unsterblichkeit der Krabbe", beendete Fancy den Satz für sie. „Aber ist ihre Mutter nicht gestorben, als sie noch ein Baby war?"

„Das ist sie."

Fancy dachte über die Situation nach. „Du sagtest, du denkst auch daran?"

„Betty Sue ist schwanger. Da ich weiß, dass sie, Paul und ihr kleiner Junge in diesem Haus gefangen sind und dass wir einen von ihnen verlieren könnten, wenn etwas schief geht, würde ich lügen, wenn ich sagen würde, dass es mich nicht an die Zeit erinnert, als Helen krank wurde und wir damit rechnen mussten, sie zu verlieren." Eileen richtete ihren Blick auf das windgepeitschte Haus. „Ich bete mit allem, was in mir steckt, für diese Familie."

Es war Fancy nicht in den Sinn gekommen, dass die Farradays an den Tag erinnert werden könnten, an dem sie ihre Mutter verloren hatten. Sie hätte sensibler sein sollen. Und als Fancy diese kluge, mutige Frau betrachtete, hätte sie erkennen müssen, wie viele Gemeinsamkeiten die heutige Welt mit der Vergangenheit hatte. Eileen hatte die Tochter ihrer Schwester großgezogen, und selbiges galt nun für Allison.

Weitere Autos trafen ein. Fancy erkannte einige der Gesichter. Declan und seine Frau sprangen aus einem Polizeiauto und eilten zu den Überresten des Hauses. Die beiden Schwestern der Boutique stürmten auf Eileen zu. Die Große sprach zuerst. „Wir haben Zutaten für Sandwiches und ein paar Energieriegel für den Fall, dass es länger dauert, als uns lieb ist."

Tante Eileen nickte. „Sie müssen sehr aufpassen, damit die Suche nach den Bradys nicht noch schlimmer wird, weswegen es vermutlich lange dauern kann, sie auszugraben. Das Gebäude ist so instabil, dass nur Leute mit Feuerwehr- oder Polizeiausbildung die Überreste des Hauses erklimmen."

Oder militärischer, dachte Fancy. Ethan war mitten im Geschehen. Ein kleines Lächeln zog an einer Seite ihres Mundes. Rick hatte sich der Schaufelbrigade angeschlossen, die Trümmer vom Haus weg transportierte, aber Garrett hatte sich dem Rettungsteam angeschlossen und hantierte gerade mit Seilen. Sie hatte fast vergessen, dass er in einer Bauarbeiterfamilie aufgewachsen war. Er war wirklich einer der Guten.

„Großartig", antwortete Eileen den beiden Frauen. „Ich habe links ein paar Tische aufgestellt. Da könnt ihr arbeiten."

Beide Schwestern nickten und watschelten zurück zu ihrem Fahrzeug.

„Sind sie wirklich Schwestern?"

Eileen nickte. „Ja. Genetik ist einfach nicht vorhersagbar."

„Vermutlich nicht." Eine weitere Ähnlichkeit zwischen Vergangenheit und Gegenwart fiel ihr auf. Fancy stand einer Frau gegenüber, die wie ein Engel singen konnte und ihren Traum von Bühne und Ruhm aufgegeben hatte, um die Kinder ihrer Schwester großzuziehen. Wie falsch war es für Fancy, beides zu wollen? Sie holte eine Kiste Wasser aus dem Auto. „Du hast eine tolle Familie."

Tante Eileen sprang vom Truck, hob eine Kiste Wasser hoch und machte sich auf den Weg zurück zu den Tischen. „Danke. Ich glaube schon."

„Und du hast selbst nie geheiratet?"

Eileens Blick wanderte zu Glenn, der bei Rick und ein paar anderen stand, und schüttelte dann den Kopf. „Wenn man sieben Kinder großzieht, verschlingt das sämtliche Freizeit."

„Ich wette, das stimmt." Sie blickte sich zu den Brüdern um, die Seite an Seite arbeiteten. Auf Ethans Vater, der genauso stark und gutaussehend und engagiert war wie seine Söhne. „Grace ist das einzige Mädchen. Das Baby."

„Lass sie das nicht hören. Sie wird jedem eine Ohrfeige geben, der sie Baby nennt. Sie findet es nicht einmal gut, wenn man sie als die Jüngste bezeichnet."

„Nein. Ich wette, das tut sie nicht." Fancy stellte den Wasserbehälter ab und bemerkte, dass Eileen bereits einen Waschzuber mit Eis unter dem Tisch hatte. „Soll ich die hier hineinlegen?"

„Ja, bitte."

Ein lautes Knarren durchbrach den ansonsten ruhigen Abend. Einer Stimme rief: „Achtung!" Mehrere Menschen erstarrten und balancierten, während das Holz unter ihren Füßen schwankte. Das Haus war erneut still und eine andere Stimme rief: „Wir müssen uns beeilen, bevor die ganze Scheiße nachgibt."

„Oh Gott", flüsterte Fancy.

„Ja. Gebete helfen." Eileen sah zu den arbeitenden Männern, ihr Blick war konzentriert und unerschütterlich.

Grace rannte mit leichterer Miene zu ihrer Tante zurück und legte einen Arm auf ihre Schultern. „Sie haben Betty Sue gefunden. Sie sollte sehr bald draußen sein."

„Irgendeine Info über ihren Zustand?" Eileen griff nach oben und drückte die Hand, die auf ihrer Schulter lag.

„Es geht ihr gut genug, um zu sprechen und das Rettungsteam über ihren Standort zu informieren." Grace zögerte, ihr Lächeln verschwand. „Sie liegen unter einer Menge Trümmer."

„Mach dir keine Sorgen. Alles wird gut."

Dieser gedankenverlorene Glanz erschien wieder in Grace' Augen, und dann drückte sie ihre Tante fest und murmelte ihr leise zu: „Ich liebe dich. Ich schließe mich besser wieder der Truppe an."

„Geh", ermutigte Eileen.

Mit einem weiteren Nicken und einem deutlichen Ausdruck des Respekts, drehte Grace sich um und eilte zurück zur Crew.

Gemeinsam gingen Fancy und Eileen zurück zum Truck, um weitere Vorräte zu holen. Fancy holte einen Koffer von der Ladefläche und wandte sich an die Familienmatriarchin. „Sie ist eine tolle Frau geworden, nicht wahr?"

Stolz strahlte Eileen sie mit klaren blauen Augen an und nickte. „Sie sind alle großartig geworden."

„Ja. Ja, das sind sie." Sie dachte sorgfältig über ihre nächste Frage nach. „Wie ist es, das Kind einer anderen großzuziehen?"

Eileen hielt mitten in der Bewegung inne. Ihr Mund war leicht geöffnet, ihre Augen leicht aufgerissen. Schließlich atmete sie sanft aus und nickte. „Das menschliche Herz ist eine interessante Sache. Es hat die Fähigkeit, endlos zu lieben. Es spielt keine Rolle, ob ich diese Kinder in meinem Bauch trug, denn sie waren immer in meinem Herzen. Und", Eileen hob eine Kiste mit Decken hoch und begann zu laufen, „wenn du denkst, du könntest unmöglich noch mehr Liebe empfinden, fangen die Kinder deines Herzens an, weitere Kinder in die Familie zu bringen, und dir wird klar, wie viel mehr Liebe du geben kannst."

„Natürlich." Fancy hatte diese Familie beobachtet. Kinder, die von Tanten großgezogen wurden. Eine Tochter, die immer noch an eine Mutter dachte, nein, die immer noch eine Mutter liebte, die sie nie kennengelernt hatte. Respekt und Liebe im Überfluss. So viele Gemeinsamkeiten und doch so viele Unterschiede. Dem Schicksal gefiel es, sein Spielchen mit ihr zu treiben.

KAPITEL SECHZEHN

Paul Brady, seine schwangere Frau und sein kleiner Sohn waren wohlbehalten im Haus seines Cousins untergebracht. Was von dem alten Haus, das sich seit Generationen im Besitz der Familie befand, übriggeblieben war, musste abgerissen und wieder aufgebaut werden.

„Es gibt so viel aufzuräumen." Auf dem Beifahrersitz gähnte Eileen erschöpft. „Es ist ein Wunder, dass der Tornado nicht noch mehr Schaden angerichtet hat."

„Das stimmt." Sean Farraday rutschte auf seinem Sitz hin und her. „Sieht so aus, als ob das Haus der Bradys das einzige war, das auf seinem Weg gelegen ist. Einige der anderen Viehzüchter verzeichnen umgeworfenen Bäume, zerstörte Zäune und hier und da ein paar kleine Windschäden, aber es hätte noch viel schlimmer kommen können."

Eileen wusste, dass es kein einziges Mitglied des Farraday-Clans gab, das nicht tief im Inneren die Angst und die Sorge verspürt hatte, unerwartet einen geliebten Menschen zu verlieren. Mehr als glücklich war nicht stark genug, um zu beschreiben, wie sie sich fühlte, seit die gesamte Brady-Familie sicher zusammengekauert in einer Badewanne unter der schützenden Barriere einer kleinen Matratze gefunden worden war.

„Pauls Bruder sagte, sie hätten auch einen Haufen Zäune verloren." Sean hielt sich mit einer Hand am Lenkrad fest und rieb sich mit der anderen den Nacken.

„Ich möchte gar nicht daran denken, wie viel Spaß es machen wird, das Vieh zusammenzutreiben und auseinander zu sortieren."

Auch wenn sie nicht die körperliche Arbeit geleistet hatte, die damit verbunden war, Paul Bradys Familie unter seinem Haus hervorzuholen, spürte Eileen den Stress, der sich bei der Verpflegung der gefühlt halben Bevölkerung von Tuckers Bluff in ihr aufgebaut hatte, noch immer in jedem schmerzenden Muskel ihres Körpers. „Da so viele Leute Hilfe beim Aufräumen brauchen, sollte ich morgen früh aufsatteln und helfen. Vor allem, da Connor mit Finn an den Schäden am Dach seiner Ställe arbeiten wird."

„So sehr ich den Tag auch gerne in einer warmen Badewanne verbringen würde, fürchte ich, du hast recht. Wir werden alle Mann auf Gefechtsstation brauchen, um alles wieder in Ordnung zu bringen."

„Ja." Der Adrenalinstoß dieses verrückten Abends war längst verebbt. Eileen wagte es nicht, den Kopf in den Sitz zurückzulegen oder die Augen zu schließen, aus Angst, sie könnte bis zum Morgen durchschlafen. Stattdessen konzentrierte sie sich auf die Scheinwerfer, die den Weg erhellten. Sie war so verdammt müde, dass sie kaum klar denken konnte. Und jetzt war sicherlich nicht der richtige Zeitpunkt, alles, was in den letzten Tagen passiert war, aufzuarbeiten. Nicht der richtige Zeitpunkt, Glenn zu sehen, zu seinen alten Melodien zu singen, und schon gar nicht, um mit Sean tanzen. Wie konnte es sein, dass sie in all den Jahren noch nie mit Sean getanzt hatte? Nun, sie hatte ein paar Mal mit ihm auf Hochzeiten getanzt, aber diese Male waren immer nach strengen irisch-katholischen Maßstäben erfolgt – er und sie und zwischen ihnen genug Platz für den Heiligen Geist. Heute war nicht einmal Platz für ein heiliges Foto gewesen. Wenn das nicht etwas zum Nachdenken war.

Glenn zog sein Hemd über seinen Kopf und warf es in die Ecke. Er konnte sich schon lange nicht mehr an einen so anstrengenden Tag erinnern. Er hatte Paul Brady und seine Familie noch nie zuvor getroffen, und doch hätte er, während er zusammen mit den anderen Freunden und Nachbarn aus Tuckers Bluff mit der Beseitigung von Trümmern beschäftigt war, kaum besorgter um sie sein können, wenn sie seine eigenen Verwandten gewesen wären.

Mit immer noch angezogener Hose ließ Glenn sich auf das Bett fallen. Was für ein Tag. Er beneidete die Familie Brady nicht um die bevorstehenden Aufräumarbeiten. Allerdings hatte der Stammbaum nach dem, was ihm erklärt worden war, starke Wurzeln und viele Äste, aus denen man Hilfe schöpfen konnte.

Er konnte immer noch nicht glauben, wie viele Menschen gekommen waren, um zu helfen. Jedes Mal, wenn er einen Blick zur Hauptstraße warf, kamen weitere Autos. Eileen hatte heute die Rolle des Vorarbeiters übernommen und die Neuankömmlinge dorthin geleitet, wo sie am besten helfen konnten. Diese erstaunliche Frau überraschte ihn immer wieder. War sie schon immer so fähig gewesen? Ja, sie hatte schon immer eine wunderschöne Stimme und ein wunderbares Herz gehabt, aber an diese Frau hier konnte er sich nicht erinnern. Die starke Frau, die wahrscheinlich einen Zug der Marines befehligen könnte, wenn sie die Chance dazu hätte. Und das auch noch mit einem Lächeln.

Die Vorstellung brachte tatsächlich ein Grinsen auf sein Gesicht. Der Gedanke an seinen Tag und an Eileen brachte ihn zum Lächeln. Ein Lächeln aus tiefstem Inneren, wo einst ein schmerzendes Herz gewesen war.

Nun würde er eine gesunde Mütze Schlaf brauchen, und dann würde er daran arbeiten, einige Veränderungen in seiner Welt herbeizuführen. Veränderungen, die ihm noch lange ein Lächeln aufs Gesicht zaubern würden.

Die To-Do-Liste in Seans Kopf wuchs exponentiell mit jeder Meile, die sie fuhren. Doch das eigentliche Problem war, dass er sich offenbar nur auf die Frau neben ihm auf dem Beifahrersitz konzentrieren konnte. Wie immer war sie eine Soldatin gewesen und hatte die Führung und Verpflegung von Freunden und Nachbarn übernommen, die alles stehen und liegen gelassen hatten und den Bradys in einer Zeit der Not zu Hilfe gekommen waren. Das war, was ihre Gemeinde schon seit Generationen tat, und eine der Sachen, die Sean an seiner Schwägerin liebte. Und *das* war sein Problem. Seitdem Finn das Wort *Liebe* in Seans Kopf eingepflanzt hatte, schien sich alles, was Eileen betraf, um dieses eine Wort zu drehen. Er liebte es, wie sie sich um seine Familie kümmerte, liebte es, wie sie mit Widrigkeiten umging, liebte es, wie sie angesichts einer Katastrophe ein Team mobilisieren konnte. Alles bewundernswerte Eigenschaften, die er auch an einem seiner Söhne, Nachbarn oder Hunde lieben könnte.

Wenn es jedoch darum ging, zu lieben, wie sich Eileen in seinen Armen anfühlte, wie sich ihrer Hüften im Rhythmus der Musik gegen seine wiegten und wie sich ihre Mundwinkel nach Norden bewegten, wenn etwas sie glücklich machte – dann drehte sich dabei alles um Eileen und nur um Eileen. Und jetzt musste Sean, ungeachtet der Worte seines jüngsten Sohnes, etwas deswegen unternehmen.

Das Gute daran, den größten Teil der Nacht damit zu verbringen, sich hin und her zu wälzen, war, dass man leichter vor dem Morgengrauen aus dem Bett kriechen und den Tag beginnen konnte. Es gab keinen Schlaf, den Eileen aus ihren Augen wischen konnte. In Jeans und Arbeitsstiefeln stand sie in der Küche, packte Mittagessen ein und bereitete ein paar Frühstücks-Burritos für einen kleinen Energieschub zu, bevor alle das Haus verließen.

Es war schon eine Weile her, dass Eileen einen Arbeitstag lang mit der Familie unterwegs gewesen war. Normalerweise sorgte sie dafür, dass jeder satt war und genügend getrunken hatte, und kümmerte sich dann um die Dinge zu Hause. Heute waren sie zu wenige und es gab zu viel zu tun. Sean hatte bereits mit Sam telefoniert, der gemeldet hatte, dass auf der Weide in der Nähe seines Hauses Vieh vermisst wurde. Ein anderer Nachbar, Luke Pendry, rief ebenfalls an und teilte mit, dass der Tornado eine Schneise durch sein Grundstück gerissen hatte und der Zaun zwischen einer seiner Weiden und dem Farraday-Land zerstört war, was bedeutete, dass Pendry- und Farraday-Rinder höchstwahrscheinlich gemeinsam neue Gebiete erkundeten.

„Die Pferde sind auf dem Anhänger verladen. Wir müssen es alleine schaffen. King humpelt immer noch leicht. Ich möchte es nicht wieder schlimmer machen." Sean füllte seine Thermoskanne mit Kaffee.

„Du denkst schon länger darüber nach, ihn in den Ruhestand zu schicken." Eileen nahm einen großen Schluck von ihrem Morgengebräu. „Vielleicht ist es an der Zeit."

„Ich habe das gleiche gedacht." Sean seufzte. King

war so ein toller Hütehund, dass Sean nur schlecht Ersatz fand. „Ist Finn schon dagewesen?"

„Er und Joanna hatten bereits Kaffee und Toast und sind zu Connor gefahren."

„Wenn das nicht annähernd so lange dauert, wie ich erwarte, gehe ich rüber und helfe."

„Laut Connor gibt es eine Menge Nachbarn, die helfen werden." Sie konnte es nicht genau sagen, aber irgendetwas an der langsamen Art und Weise, wie Sean seine Morgenroutine durchführte, verriet ihr, dass er sich entweder mehr Sorgen um King machte, als er zugab, oder dass er nachts ebenfalls nicht besonders gut geschlafen hatte.

„Ich dachte", er griff nach einem von Eileens Brötchen und schmierte etwas Marmelade darauf, „es könnte nett sein, … ähm …", er drehte sich zu ihr um, „für ein Abendessen für Erwachsene auszugehen."

Erwachsen? Im Vergleich wozu? Es war ja nicht so, dass sie mit den Kindern regelmäßig für ein Happy Meal zu McDonald's gefahren wären. Verdammt, der nächste McDonald's war in Butler Springs. Und es war verdammt lange her, seit ihre Neffen Kinder waren.

„Weißt du, nur wir beide." Er schien Mühe zu haben, Augenkontakt mit ihr zu halten.

Bat er sie um ein Date? Denn wenn nicht, klang es verdächtig danach. War es wichtig? „Sicher", brachte sie hervor. Da sie den gestrigen Tanz in ihrem Kopf noch hundertmal durchlebt hatte, als sie letzte Nacht verzweifelt versuchte einzuschlafen, könnte ein Abendessen alleine mit Sean sie vielleicht davon abhalten, sich noch weitere Nächte um die Ohren zu schlagen. Oder auch nicht.

„Freitagabend?", fragte er.

„Sicher", murmelte sie mit nur einem Bruchteil mehr Selbstvertrauen als beim ersten Mal.

Ein Lächeln breitete sich auf seinem Gesicht aus.

„Bist du bereit zu gehen?"

Ihr Mund murmelte „Ja", aber sie war nicht allzu überzeugt, dass sie für alles bereit war, was die Realität plötzlich zu bieten schien.

Die Fahrt zur hinteren Weide dauerte im Truck nicht annähernd so lang wie zu Pferd. Beim Fahren Kaffee zu trinken, machte die Stille angenehm. Obwohl Eileen gelernt hatte, vor Sonnenaufgang aufzustehen, wurde sie erst nach ein paar Tassen Kaffee und mehreren Stunden Tageslicht richtig wach.

Sean parkte den Truck in der Nähe der ersten Lücke im Zaun, stieg aus und lud die Pferde ab. Aufgesattelt und auf dem freien Feld unterwegs, hatte es nicht lange gedauert, bis sie auf die ersten streunenden Kühe trafen. Da der Zaun gerissen war, mussten sie das verstreute Vieh zur nächsten Weide mit intaktem Zaun führen.

Eileen schwenkte nach links und Sean drehte sein Pferd nach rechts, bereit, die Kühe zu einer kleinen Herde zusammenzutreiben, doch zwei junge Bullen nutzten diesen Moment, um mit den Köpfen aufeinander loszugehen und die wenigen Kühe, die sich instinktiv dicht beisammen versammelt hatten, in entgegengesetzte Richtungen zu vertreiben. „Mist", murmelte Eileen leise. Wenn dies ein Hinweis auf den Rest des Tages war, würde er sich als sehr, sehr lang erweisen.

Es würde reichen, ein paar Tiere in die richtige Richtung zu bewegten, damit die anderen folgten. Keine Kuh wollte gerne zurückgelassen werden. Aber obwohl Sean und sie alles versuchten, schienen die Kühe heute Morgen viel mehr daran interessiert zu sein, zu grasen als zu laufen.

Sean näherte sich einer Kuh. Aber anstatt direkt auf sie loszureiten, wurde er langsamer, machte einen leichten Schlenker und ermutigte die Kuh, sich ein wenig zu bewegen. Als sie dies endlich tat, begannen ein paar Kühe, ihr in die richtige Richtung zu folgen. Eileen verzichtete darauf, die Zügel loszulassen und zu jubeln. Gemeinsam ritten sie langsam neben der ersten Gruppe her, um zu verhindern, dass diese sich zu schnell bewegte oder für einen Snack anhielt.

Nicht weit vor ihnen stießen sie auf eine Mama und ihr Kalb. Eileen ritt hinter ihr auf und ab, bis sich die Mutter dem Rest der Herde zuwandte. Es schien jedoch, als ob für jede Kuh, die gehorchte, eine andere eher geneigt war, abzuwandern. Diese Tiere waren entschlossen, in jede Richtung bis auf die richtige zu gehen. Der kurze Viehtrieb schien ewig und noch länger zu dauern. Als sie sich der nächsten Weide näherten, konnte Eileen eine Menge Kühe sehen, die bereits zusammengedrängt auf sie warteten. Gott sei Dank hatten zumindest einige aus ihrer Herde das Memo erhalten. Oder doch nicht?

In der Ferne konnte sie zwei Hunde erkennen, die auf und ab rannten und gelegentlich bellten, um die Herde umherzumanövrieren und in Schach zu halten.

Eileen trabte näher an Sean heran und rief: „Hat Luke etwas davon gesagt, seine Hunde rauszulassen?"

„Zu mir nicht." Er schüttelte den Kopf und hielt die Kühe, die sie schließlich zusammengetrieben hatten, in gleichmäßigem Tempo in Bewegung, ohne den Blick von der kleinen Kuhherde vor ihnen abzuwenden, die von zwei Hunden im Zaum gehalten wurde.

Gut Ding will Weile haben. Diesen Satz hatten sie den heranwachsenden Kindern in Bezug auf die Arbeit mit Vieh mehrere hundertmal vorgesagt. Doch im Moment wollte Eileen unbedingt ihre Fersen in die alte Stute treten und vorausgaloppieren, um zu sehen, was zum Teufel los war.

Kaum war ihr dieser Gedanke in den Sinn gekommen, rannte einer der Hunde auf sie zu, während der andere in der Ferne bei der kleinen Herde blieb. Ein paar Meter weiter und sie hätte das große Tier aus der Nähe sehen können. Stattdessen blieb es an der Spitze der Kuhherde stehen und begann, sie zu lenken. Immer noch nahe genug, um Seans Gesichtsausdruck zu erkennen, konnte sie sehen, dass er genauso verblüfft war wie sie. Die Art und Weise nach zu urteilen, wie er eine Augenbraue hochzog und sich dem Tier näherte, damit der Hund ihn hören konnte, war sie überhaupt nicht überrascht, als er anfing, dem Hund Befehle zu geben. Obwohl sie nicht damit gerechnet hatte, dass das Tier genau das tun würde, was ihm gesagt wurde.

„Laus mich der …“, murmelte Eileen vor sich hin. Wem auch immer die Hunde gehörten, die zu Hilfe gekommen waren, sie bearbeiteten das Vieh, als hätten sie ihr ganzes Leben lang mit Sean trainiert. Er hatte immer gesagt, ein guter Hund könne die Arbeit mehrerer guter Männer erledigen. Deshalb hasste er es, King in den Ruhestand schicken zu müssen. Aber dieser Kerl hier erwies sich als ein sehr guter Hund.

Der Hund, der die Herde stetig auf die anderen Streuner zubewegte, war beeindruckend. Womit sie jedoch nicht rechnete, war, dass Sean sich losriss und auf sie zuritt.

Sie lenkte ihr Pferd langsam in seine Richtung und blieb kurz vor Sean stehen, bevor dieser sich umdrehte und an ihre Seite kam, sodass beide Pferde dem sich bewegenden Vieh zugewandt waren.

„Siehst du das?“, fragte er.

Sah sie blind aus? „Glaubst du, sie gehören Luke?“

Sean schüttelte den Kopf. Sein Gesicht war völlig emotionslos, als er sich ihr zuwandte. „Eileen, sieh dir den Hund genau an.“

Sie war nun dem Hütehund so nahe wie nie zuvor seit seinem Erscheinen. Etwas größer, okay, viel größer als die Border Collies, die sie normalerweise verwendeten. Die Farben des Hundes wurden immer klarer. Seine Haltung. Sein Gesicht. „Oh mein …"

Sean nickte. Diesmal zog ein Anflug eines Lächelns an seinen Lippen. „Sieht so aus, als hätten Mr. und Mrs. Gray beschlossen, uns zu helfen."

KAPITEL SIEBZEHN

Schmetterlinge hatten den größten Teil des Morgens damit verbracht, in Fancys Bauch herumzuflattern. Allison hatte zugestimmt, sich mit ihr auf einen Kaffee zu treffen. Ethan war zusammen mit fast allen arbeitsfähigen Männern und Frauen in der Stadt unterwegs, um bei den Aufräumarbeiten nach dem gestrigen Sturm zu helfen. Ihre Schwester hatte den ganzen Morgen damit verbracht, glücklicherweise nur kleinere Verletzungen zu behandeln, und war sichtlich froh über Fancys Vorschlag, etwas aus dem Café zu holen und Allison in ihrem Büro zu treffen.

Als Teenager hatte Fancy wahrscheinlich viele wirklich dumme Entscheidungen getroffen, die sich als junge Erwachsene zu noch schlechteren Entscheidungen entwickelt hatten, aber sie hatte ihre kleine Schwester immer geliebt und war stolz auf sie. Jetzt war keine Ausnahme. „Du siehst erschöpft aus."

„Du hättest mich während meiner Assistenzzeit sehen sollen. *Das* war erschöpft." Allison streckte sich nach links, dann nach rechts und nahm hinter dem Schreibtisch Platz. „Gestern hätte es noch viel schlimmer kommen können."

„Es ist ziemlich erstaunlich, dass das Haus der Bradys das einzige war, das getroffen wurde."

„Umso erstaunlicher ist es, dass die ganze Familie ohne einen einzigen Kratzer unter zwei Stockwerken voller Trümmer hervorgeholt werden konnte. Sie hatten nicht einmal einen eingerissenen Fingernagel."

Fancy kicherte. „Ich vermute, das Gleiche gilt nicht für die Leute, die sie ausgegraben haben."

„Ich glaube, wir mussten in dieser Gruppe einen Splitter entfernen." Allison lächelte ihre Schwester an. „Ich kann es immer noch nicht glauben, dass ich dich nach all den Jahren endlich sehe."

„Es tut mir leid." Fancy hatte wirklich oft darüber nachgedacht, doch dann steckte sie immer wieder in großen Schwierigkeiten, in die sie Allison nicht hineinziehen wollte. „Wirklich leid."

„Ich freue mich, dass es bei dir so gut aussieht. Ich schätze, ich kann aufhören, mir Sorgen zu machen."

„Kannst du." Es war genug Zeit vergangen, dass Fancy sich sicher war, dass dieses Leben funktionieren würde. Zum ersten Mal in ihrem Leben hatte sie sogar ein Sparkonto und war auf der Suche nach einem Eigenheim.

„Also", Allison warf ihren Stift auf den Schreibtisch und lehnte sich in ihrem Stuhl zurück, „wie geht es jetzt weiter?"

„Ich habe dir bereits gesagt, dass ich gerne ein Teil von Brittanys Leben sein würde, jetzt, wo die Dinge geklärt sind und ich über eine solide finanzielle Grundlage verfüge."

Fancy konnte sehen, dass Allison schwer schluckte.

„Ich weiß, dass ich meine elterlichen Rechte aufgegeben habe."

Allison atmete ein wenig erleichtert aus.

„Aber ich hatte gehofft … nun ja, ich hatte gehofft, dass ihr es euch noch einmal überlegt."

„Fancy", Allison faltete die Hände zusammen und beugte sich auf ihren Schreibtisch, „wie sehr liebst du dieses Kind?"

„Mehr als mein eigenes Leben."

„Und wie sehr liegt dir ihre Zukunft am Herzen?"

Fancy lächelte. Wenn es mit dem Medizinstudium nicht geklappt hätte, hätte ihre Schwester vielleicht Anwältin werden können. „Genug, um sie gehen zu lassen."

„Aber du hast gerade gesagt ...", stotterte Allison.

„Das habe ich", schnitt Fancy sie ab. „Aber das war vorher."

„Vor was?"

„Ich glaube, tief im Inneren hatte ich meine Zweifel. Seit Monaten läuft es so gut. Alles, was die Band betrifft, ist perfekt. Sie sind für mich wie eine Familie. Garrett war so ein guter Freund und hat mich so sehr unterstützt. Da schien der richtige Zeitpunkt für eine Veränderung zu sein. Bevor Brittany alt genug ist, um wirklich zu verstehen, was passiert ist."

„Was genau ist deiner Meinung nach passiert, Fancy?"

„Nicht das, was ich dachte. Das ist sicher." Fancy suchte tief in sich nach Stärke. Sie hatte das schon einmal gemacht und es war Zeit, es noch einmal zu tun. „Ich durfte ein paar Minuten mit Grace verbringen und ihrer Tante helfen. Mir fielen die Ähnlichkeiten auf. Und es überraschte mich, wie sehr ihr eine Mutter am Herzen liegen kann, die sie nie kennengelernt hat."

Allison nickte. Zweifellos wusste jeder in der Stadt mehr über die Farradays, als Fancy bei kurzen Besuchen hatte erfahren können. „An manchen Tagen vermisse ich Mom immer noch, aber Tante Eileen hat etwas an sich, das diese Leere ein wenig zu füllen vermag."

„Das habe ich bemerkt. Und ehrlich gesagt vermisse ich Mom ständig. Schon seit Jahrzehnten. Das ist einer der Gründe, warum ich zurückgekommen bin. Als ich das Sorgerecht für Brittany aufgegeben habe, hätte ich nie gedacht, dass ich jemals ein annähernd normales Leben führen würde."

„Ich vermute, es gibt viele Leute, die es für nicht normal halten, im ganzen Land aufzutreten."

„Zumindest lebe ich nicht mehr in Auto und folge den falschen Männern durchs ganze Land."

Allison zog eine Augenbraue hoch.

„Ich meine nicht Ethan. Ich meinte den Verlierer, der mein Auto gestohlen hat und mich in Alabama hat sitzen lassen."

Diesmal flogen beide von Allisons Brauen ihre Stirn hinauf.

„Ich hatte einen schrecklichen Fehler gemacht, als ich mit ihm losfuhr. Wir hatten kaum die Staatsgrenze überquert, als ich meine Meinung über ihn geändert hatte. Ich bereue immer noch, auch nur eine Minute an diesen Mistkerl verschwendet zu haben."

„Moment." Eng zusammengezogene Augen beanspruchten Allisons Brauen erneut. „Wann hast du deine Meinung geändert, Brittany bei Ethan zu lassen?"

„Es war schon immer eine schwere Entscheidung gewesen, aber erst vor kurzem wuchs in mir der Glaube, dass ich ihr ebenfalls ein gutes Leben ermöglichen könnte."

„Also, diese Nachrichten, die du mir und Ethan geschickt hast. Aus Alabama. Bei ihnen ging es um –"

„Diesen Mistkerl." Fancy nickte. „Ich begann mich ein wenig verzweifelt zu fühlen. Verzweifelt genug, um dich zu bitten, mich abzuholen."

„Warum hast du es nicht getan?"

„Garrett. In der Nacht, in der der Widerling verschwand, habe ich Karaoke gesungen. Sie hatten gerade eine Backgroundsängerin verloren und boten mir den Job an."

Allison lehnte sich in ihren Stuhl zurück. „Sieht so aus, als hättest du ein Händchen dafür, Ritter in strahlender Rüstung zu finden."

„Zumindest zweimal, ja."

„Wie nah steht ihr euch? Du und Garrett."

Fancy winkte ab. „So ist das nicht. Er ist einfach ein guter Freund. Eigentlich mein bester Freund."

„Bist du sicher?"

„Absolut. Er hat definitiv einen guten Einfluss auf mich. Ich weiß nicht, ob ich ohne ihn jemals auf den Gedanken gekommen wäre oder die Hoffnung bekommen hätte, dass ich jetzt vielleicht eine richtige Mutter für Brittany sein könnte." Fancy erschrak, als Allison nach Luft rang, und winkte schnell mit den Händen. „Aber heute wurde mir klar, dass sie zwei Mütter haben kann, selbst wenn eine davon ihre Tante ist."

Erleichterung breitete sich auf Allisons Gesicht aus. „Ich habe gesehen, wie sehr die Kinder Eileen lieben. Verdammt, ich bin noch nicht lange Teil dieser Familie und doch hat mir diese Frau mehr Liebe und Zuneigung entgegengebracht als Tante Millicent es jemals getan hat. Es wäre schön, wenn Brittany mich so lieben würde, wenn sie erwachsen wird."

„Diesbezüglich. Ich habe nachgedacht. Es würde mir sehr viel bedeuten, ein Teil des Lebens meiner Tochter zu sein. Sie zu besuchen, wenn ich kann. Dass sie mich besucht, wenn sie etwas älter ist. Mit ihr über das Internet zu chatten, so wie es Eltern beim Militär tun, wenn sie im Einsatz sind."

Allison nickte, still auf die nächste Hiobsbotschaft wartend.

„Aber …" Es fiel ihr schwer, die Worte zu formulieren. „Ich denke, es wäre gut für sie, dich als ihre Mutter zu betrachten. Ich kann die verrückte, talentierte Tante sein, die von Zeit zu Zeit mit ausgefallenen, übertriebenen Geschenken vorbeikommt und sie zu sehr verwöhnt."

„Du willst, dass ich so tue, als wäre ich ihre Mutter?"

„Nicht so tun. Es einfach sein. Schließlich bist du es in jeder Hinsicht bereits."

Allison schüttelte den Kopf. „Das kann ich nicht."

„Welchen Teil?"

„Du bist ihre Mutter. Tante Eileen war vielleicht ihr ganzes Leben lang eine Mutter für Grace, aber Grace wusste, wer ihre Mutter war. Egal wie sie mich jetzt nennt, Brittany muss das auch wissen."

„Aber –"

„Brittany. Muss. Das. Auch. Wissen." Allison seufzte. „Ich habe ein Foto von dir aus dem Internet. Es ist in Brittanys Zimmer. Wir haben uns angewöhnt, dich Mama Fancy zu nennen."

„Mama Fancy", wiederholte sie leise. Der Klang gefiel ihr.

„Wenn Brittany alt genug ist, werden wir die richtigen Worte finden, um es ihr zu erklären." Allison lehnte sich zurück und legte ihren Kopf gegen die Nackenstütze. „Aber du bist ihre Mutter und daran wird sich nichts ändern."

Nein, sie blinzelte die Tränen zurück. Nichts, was sie tat, weder Gutes noch Schlechtes, würde das jemals ändern.

Die lange, heiße Dusche reichte nicht aus, um die Verspannungen in Eileens Rücken zu lösen. Natürlich saß sie ab und zu auf einem Pferd, aber es war schon Ewigkeiten her, dass sie stundenlang damit verbracht hatte, bei einem Viehtrieb zu helfen. Ihr üblicher Job auf der Ranch – wenn es um Vieh ging – lautete Pförtnerin. Bei dieser Arbeit konnte sie keine großen Schwierigkeiten bekommen. Allerdings war sie heute ziemlich stolz auf sich. Sie hatte es weit gebracht seit der Frau, die nicht einmal auf ein Pferd steigen konnte, ganz zu schweigen davon, auf einem zu arbeiten.

„Danke." Geduscht und umgezogen stieg Sean die Treppe herunter. „Ich kann nicht glauben, wie schnell wir das vermisste Vieh zusammengetrieben haben."

„Wir konnten unseren Bestand sogar ohne Lukes Hilfe von seinem trennen. Diese Hunde waren unglaublich. Sie müssen jemandem gehören." Eileen streckte ihre Schultern und öffnete die Tür des Gefrierschranks.

Sean trat hinter sie, wobei seine Hand sanft ihren Arm berührte. „Erstens kann ich nicht glauben, dass irgendjemand Hunden, die so schlau und wertvoll sind, erlauben würde, die ganze Zeit allein durch das County zu wandern. Und zweitens war es ein langer, harter Tag für dich. Warum gehen wir nicht zum Abendessen ins Pub? Ich denke, ein gutes Corned Beef und dunkles Ale wären angebracht."

Es war nicht viel dabei, einen Auflauf zum Aufwärmen in den Ofen zu schieben, aber der Gedanke, den Rest des Abends nichts mehr zu tun, hörte sich für ihren schmerzenden Rücken zu verführerisch an. „Klingt gut."

Offenbar waren sie nicht die Einzigen mit der Idee, ins Pub zugehen. Finn und Joanna fuhren im Ranch-Truck und sie und Sean fuhren in Glenns Auto. Als sie die Schwelle überschritten, sah Eileen, dass die meisten Tische bereits besetzt waren. „Oh, ich hoffe, das bleibt auch nach der Eröffnungswoche noch so."

„Dito", fügte Sean hinzu. „Weiß jemand, wie es im Café läuft?"

„Wie gewohnt." D.J. kam hinter ihnen herein und ließ seinen Blick von einem Ende des Pubs zum anderen wandern.

„Gut." Sean nickte. „Keiner von uns möchte Abbies Geschäft schaden. Hast du schon dienstfrei?"

„Ich drehe nur meine Runde und schaue nach allen." D.J.s Blick wurde schmaler. „Unheimlich viele neue Gesichter."

Die Tür hinter ihnen öffnete sich erneut und dieses Mal schlängelten sich Fancy und ihre Crew mit Glenn im Schlepptau hinein. „Nur Stehplätze zu haben ist immer gut", sagte einer aus der Gruppe lachend.

„Wir haben jede Menge Platz." Beverly, die Frau des neuen Bierbrauers lächelte die Gruppe an. „Wie viele Plätze?"

Eileen zählte schnell. „Sieht nach acht aus. Zumindest im Moment."

„Folgt mir." Beverly lächelte und winkte sie vorwärts.

„Ich wusste nicht, dass du hier arbeitest", sagte Eileen.

„Nur diese Woche. Aber wenn das so weitergeht, muss Jamie möglicherweise darüber nachdenken, eine Vollzeitbedienung einzustellen."

Eileen ging zu ihrem Tisch und Glenn und Sean griffen beide nach der Rückenlehne ihres Stuhls. „Danke sehr." Sie lächelte nach links, dann nach rechts.

„Das erinnert mich ernsthaft an Irland." Rick nahm die Umgebung in sich auf, als wäre es das erste Mal, dass er hier war.

Eileen beugte sich vor. „Du warst schon oft in Irland, oder?"

„Nein. Ich kenne es nur aus Filmen." Er lehnte sich auf seinem Stuhl zurück. „Und dieser Ort sieht genau wie die Pubs aus diesen Filmen aus."

Der Kommentar brachte einige Leute am Tisch zum Lachen, aber Glenn verdrehte lediglich die Augen. „Ich gebe zu, es sieht auf jeden Fall wie das einzige Irish Pub aus, in dem ich je gewesen bin. Das heißt, das einzige Irish Pub in Irland."

„Wann war das?", fragte Eileen.

Für einen Moment schien Glenn seine Worte fast zu bereuen, bevor er wieder seinen lässigen Gesichtsausdruck aufsetzte. „Die Band spielte während einer Europatournee einmal in einem in Dublin. Bevor die Mädchen geboren wurden."

Das war wohl mit Sally als Leadsängerin, nachdem die Gruppe ziemlich bekannt geworden war. Zu dieser Zeit backte Eileen wahrscheinlich Cupcakes für den Kindergarten oder half irgendjemandem bei seinem Naturwissenschaftsprojekt der fünften Klasse.

„Nun, das würde dein Können am Klavier erklären." Garrett deutete mit dem Kopf zu dem alten Klavier neben der Bühne. „Mit wem hast du gespielt?"

Glenn lächelte und schüttelte den Kopf. „Niemand, den du kennst. Nur eine kleine Jazzband."

Es war Rick, der von Glenn zu Eileen und zurück blickte. Dann blinzelte er, öffnete den Mund und ließ ihn kurz darauf wieder zuschnappen. „Heiliger Bimbam."

„Was?" Garrett beugte sich vor und auf seinem Gesicht zeichnete sich Sorge ab. „Was ist?"

„Du bist Glenn Baker." Rick wartete nicht auf eine Antwort und drehte sich zu ihr um. „Und du bist Eileen Callahan. Ich hätte es sofort merken müssen, als du angefangen hast zu singen, aber ich gebe zu, dass es schon eine Weile her ist, seit ich euer Album gehört habe."

„Du hast unser Album gehört?" Die Überraschung war deutlich auf Glenns Gesicht zu erkennen.

„Mein Vater hat das Ding auf und ab gespielt. Ich wurde letztendlich von den Jazzgrößen entwöhnt. Mama war eher der Country-Fan. Wahrscheinlich ist das aber der Grund, warum ich Musik so sehr liebe." Rick drehte sich zu Eileen um. „Bitte verzeih mir, dass ich diese goldenen Stimmbänder nicht erkannt habe."

Als sie mit der Gruppe sang, war die Band noch

nicht so bekannt, dass die Leute sie erkannt hätten. Dies war eine Premiere. „Goldene Stimmbänder?“

„Dieser Gesang. Ich kann nicht glauben, dass ich dich nicht erkannt habe.“

Eileen hätte fast gelacht. „Nicht so sehr, wie ich nicht glauben kann, dass du es getan hast.“ Alles in allem war dies eine ziemlich surreale Woche. Tief in ihrem Inneren fragte sie sich, ob sie, wenn sie morgen aufwachte, feststellen würde, dass das alles nur ein seltsamer, unerklärlicher und verrückter Traum gewesen war.

Eileen hatte nicht gewusst, dass Jamie für die ganze Woche musikalische Unterhaltung engagiert hatte. Während die Kellnerin um den Tisch herumging und Bestellungen entgegennahm, beobachtete Eileen, wie die junge Band aufbaute. Sie machten einen Sound-check, während sie das Corned Beef bestellte und danach ihre Aufmerksamkeit sofort wieder auf die Gruppe richtete. Eine einfache fünfköpfige Band. Klavier, Bass, Schlagzeug, Saxophon und Sängerin. Sollte die Geige neben der Sängerin nicht ihr gehören, handelte es sich vermutlich um eine sechsköpfige Band. Allerdings kannte sie nicht so viele Bands, die Geiger und Saxophonisten hatten.

„Ladies und Gentlemen, willkommen im O’Fearadaigh’s.“ Eine hübsche Brünette, die ungefähr in Grace‘ Alter war, stand vor dem Mikrofon. „Für unsere erste Nummer würden wir gerne einen Klassiker spielen.“

Eileen brauchte nur drei Noten, um *The Devil Went Down to Georgia* zu erkennen. Noch vor Ende der ersten Strophe wippte das gesamte Restaurant mit den Zehen und sang mit. Die Frau beherrschte die Geige hervorragend.

„Sie ist gut.“ Garrett beugte sich zu Fancy. „Sehr gut.“

„Habt ihr einen Geiger in der Gruppe?", fragte Eileen.

Garrett nickte. „Haben wir, aber Jim wird es langsam leid, auf Tour zu gehen."

„Ich weiß nicht, ob ich jemals genug davon haben werde." Fancy behielt die Bandmitglieder im Auge und sang leise mit.

Als das Lied zu Ende war, wechselten sie sofort zu einem anderen Lied, das Eileen als einen aktuellen Hit von Fancys Band erkannte.

„Okay, sie ist vielleicht besser als gut." Garrett lehnte sich in die Hörweite von Eileen und Fancy. Dann streckte er seine Hand nach der von Fancy aus, zog sie aber schnell zurück, bevor jemand den Versuch bemerkte. Diese Geste erregte Eileens Aufmerksamkeit. Von Zeit zu Zeit waren ihr ähnliche Dinge aufgefallen. Die beiden teilten eine angenehme Vertrautheit. Eine, die sie sehr gut verstand.

Als das Abendessen serviert wurde, hatte die Gruppe eine Pause eingelegt und Garrett und Rick gingen hinüber, um mit ihnen zu reden. Eileen hätte nichts dagegen gehabt, in jener Ecke des Pubs Mäuschen zu spielen. Sie beobachtete, wie Köpfe wackelte und Kinnladen herunterfielen. Schließlich breitete sich ein Lächeln auf den Gesichtern aller aus und sie umarmten sich und schüttelten sich die Hände, bevor die beiden Männer zum Tisch zurückkehrten.

Als die Musiker das nächste Mal die Bühne betraten, strahlte die junge Sängerin und Geigenspielerin wie ein Leuchtturm in Neuengland. „Leute, wir haben heute Abend etwas Besonderes für euch. In unserem Publikum haben wir einige Mitglieder von Tow the Line."

Mehrere Schreie und Pfiffe ertönten im Raum.

„Und vielleicht können wir sie mit ein wenig Ermutigung von euch davon überzeugen, mit uns ein

Lied zu singen." Sie klatschte in die Hände und schon nach wenigen Minuten hätte man den donnernden Applaus und die Pfiffe wahrscheinlich bis nach Dallas gehört.

Fancy schüttelte den Kopf, aber Garrett klopfte ihr auf die Schulter und nickte. Vielleicht hatten sie sich schon vorher geeinigt. Vielleicht war dies eine Art Live-Vorsprechen. Oder vielleicht war es nur die Begeisterung eines Mädchens, die eine Band aus den Charts im Publikum hatte.

Als Fancy das Mikrofon ergriff und das Kabel hinter sich warf, hätte Eileen schwören können, dass die Frau von innen heraus aufleuchtete. „Ladies und Gentlemen, jetzt folgt, was wir als texanisches Lied bezeichnen, bei dem man mit den Füßen stampft und in die Hände klatscht. Also bringt eure Hände für mich in Schwung." Sie klatschte in die Hände, bis das Publikum in den Rhythmus einstieg. Dann fing Rick am Klavier an, in die Tasten zu hauen. Als der Bassgitarrist ein paar Noten spielte, erkannte der gesamte Raum die Melodie und die Gäste fingen an, im Takt mit den Füßen aufzustampfen, als Garrett und Fancy die gleichnamige erste Zeile von *If You're Going to Play in Texas* sangen.

Fancy spielte zwei weitere Lieder zusammen mit der Gruppe, bevor sie errötet, schwer atmend und strahlend ihren Platz wieder einnahm, ohne zu bemerken, dass ihr Abendessen kalt geworden war.

„Ich kann sehen, dass du liebst, was du tust." Bisher hatte Fancy für Eileen größtenteils zufrieden gewirkt, aber jetzt, auf der Bühne, erkannte Eileen den Ausdruck in Fancys Augen. Sie genoss jede Sekunde.

„Das tue ich." Fancy schnitt in ihr Fleisch und lächelte. „Es gibt nichts Vergleichbares auf der Welt."

Eileen nickte. Die Elektrizität in der Luft war greifbar. Sie konnte den Adrenalinstoß spüren, der allein dadurch entstand, dass Fancy neben ihr saß. Nein, dachte sie, es gibt nichts Vergleichbares auf dieser Welt.

KAPITEL ACHTZEHN

Wie konnte er damit konkurrieren? Sean hatte Eileens Gesichtsausdruck bei jeder Note beobachtet, die Fancy sang. Von einem Lied zum nächsten spürte er, wie die Energie im Raum anstieg. Er sah die Freude auf Fancys Gesicht und überlegte, ob er das Recht hatte, zu versuchen, Eileen dieses Vergnügen, diese Freude, ihren Traum zu nehmen.

Rick stand vom Klavier auf und griff nach dem Mikrofon. „Leute, heute Abend gibt es noch eine Überraschung für euch alle."

Gabeln klapperten auf Tellern und lächelnde Gesichter wandten sich dem Mann auf der Bühne zu.

„Ich bin in einem Haus voller Musik aufgewachsen. Zwei der Stars einer meiner Lieblingsjazzgruppen und der meines Vaters sind heute Abend hier. Lasst uns mit einem lauten Applaus Glenn Baker und Eileen Callahan auf der Bühne willkommen heißen."

Das erstaunte Aufatmen aller Einheimischen im Publikum musste auch noch auf der anderen Straßenseite zu hören gewesen sein. Anscheinend hatte die Gerüchteküche über Eileens Vergangenheit als Sängerin oder die Rückkehr ihres ehemaligen Verlobten in den Außenbezirken von Butler County noch nicht die Runde gemacht.

Glenn streckte seine Hand nach Eileen aus und als sie die ihre in seine schob und lächelte, fragte sich Sean noch einmal: Wie konnte er da mithalten?

Rick wechselte zum Schlagzeug, während Glenn Eileens Hand drückte und sie dann losließ, um seinen Platz am Klavier einzunehmen. Eileens Lächeln wurde zittrig und sie atmete langsam und tief ein, bevor sie ihre Augen zu den Geräuschen von Glenns Melodie schloss. Eileens Finger schnippten zum Takt von Schlagzeug und Klavier. Sie wollten den Song, für den sie berühmt war, spielen: *Somewhere*. Die Haare auf Seans Arm standen zu Berge. Dies würde das erste Mal sein, dass Sean sie dieses Lied live singen hörte. Sein Herzschlag beschleunigte sich. Gott, sie sah im Scheinwerferlicht so wunderschön aus. Er schluckte ein leises Lachen herunter. Wen wollte er veräppeln? Sie sah in jedem Licht wunderschön aus.

Sie sang die erste Zeile und die fünf einfachen Worte „There's a place for us" stachen ihm ins Herz. Würde es einen Platz für sie geben? War das möglich? Hatte ihn seine Blindheit, all die Jahre nicht zu sehen, was sich vor seiner Nase abspielte, eine zweite Chance auf wahre Liebe und Glück gekostet?

„Geht es dir gut, Dad?" Diesmal war es nicht Finn, sondern Joanna, die sich vorbeugte und seinen Arm berührte. „Du siehst ein wenig angespannt aus."

„Es geht mir gut."

Seine jüngste Schwiegertochter musterte ihn aufmerksam, bevor sie nickend seine Aussage akzeptierte und sich leicht zurücklehnte. „Tante Eileen ist wirklich großartig."

Dieses Wort schien in den letzten Tagen ziemlich oft aufzutauchen. Aber sie war schon viel länger großartig. Sie war eingesprungen, um auf seine Kinder aufzupassen, als Helen sie so unerwartet verlassen hatte. Arbeitete Seite an Seite mit ihm an allem, von Kreuzworträtseln und Sudoku über Viehtriebe bis hin zum nächtlichen Warten auf die Rückkehr eines Kindes von seinem ersten Date. Durch dick und dünn. In guten und in schlechten Zeiten, glücklichen und traurigen. Sie war schon immer großartig. Und war er nicht der größte Idiot, weil er das nicht viel früher realisiert hatte?"

Glenn war im Groove. Nachdem er beschlossen hatte, das Musikgeschäft aufzugeben, um die Zeit, die Sally noch blieb, mit ihr zu verbringen, hatte er sich kaum noch an ein Klavier gesetzt. Nach ihrem Tod schien diese Welt so weit zurückzuliegen. Er hatte tatsächlich vergessen, wie sich die Tasten unter seinen Fingern anfühlten. Den prickelnden Nervenkitzel, wenn eine Note die Stille durchbrach. Und das hier.

Die Musik, die nur ihnen gehörte. Die Stimme, die unersetzlich war. Ja, Sally war der beste Ersatz gewesen, und ja, die Gruppe kam mit ihr gut zurecht, aber ihre Stimme stach nicht so heraus wie die von Eileen. Was hatte der Junge gesagt ... *goldene Stimmbänder*. Jetzt bekam Glenn eine Gänsehaut, als er zuhörte, wie sie den Text sang, an den sich so viele erinnerten. Das Lied, das Sally trotz der vielen Bitten des Publikums nicht hatte singen wollen. Eileens Lied.

Atemberaubend war nicht stark genug, um Eileens Stimme zu beschreiben. Nachdem sie die hohen Töne in der Mitte des Lieds getroffen hatte, nahm sie das Mikrofon vom Ständer und ging über die Bühne, damit Rick und Glenn ihre Instrumentensoli spielen konnten. Wie aufs Stichwort und ohne Anzeichen dafür, dass diese Routine seit über fünfundzwanzig Jahren nicht mehr geübt oder gespielt worden war, liebkoste sie praktisch das Mikrofon, wobei ihre Stimme sich tief in die Brust senkte, was die Worte fast flüsternd klingen ließ, bis sie langsam im Refrain wieder lauter und kräftiger wurden. „Somewhere." Die Töne erklangen so kraftvoll, dass er fast das Einatmen des Publikums hören konnte. „Someday." Erneut eine Tonlage, die Sally nicht treffen konnte. Im Publikum herrschte absolute Stille. Eileen hatte die volle Aufmerksamkeit jedes Einzelnen. Mit geschlossenen Augen, das Mikrofon in der Hand, den freien Arm für die Menschenmenge vor ihr geöffnet, trug sie sanft und mühelos den letzten Text vor. „Somewhere."

Beim letzten Ton sprang das ganze Haus auf. Einen solchen Applaus hatte Glenn nicht mehr gehört, seit sie das Lied das letzte Mal gespielt hatten. Er stand auf, beugte sich leicht in der Taille und winkte Rick kurz zu, der das Schlagzeug bewundernswert gemeistert hatte. Der Junge wusste genau, was das Lied gebraucht hatte. Dann bewegte Glenn seinen Arm zu Eileen und alle Anwesenden brachen in eine zweite Welle von Ovationen aus. Das hier war der Grund, warum ihre Band für die Fernsehsondersendung gesucht wurde. Dieser ikonische Auftritt hatte sich in die Herzen von Generationen von Jazzfans eingebrannt.

Lächelnd musterte Eileen die Menge von links nach rechts. Für ein paar Sekunden schien sie fast vergessen zu haben, wo sie war. Ihr Blick fiel auf den Tisch an der Seite, an dem ihre Familie und ihre Freunde saßen. Während sie verweilte, hob sich ihr Lächeln und ein echtes Funkeln erreichte ihre Augen. Sie verbeugte sich erneut, schob das Mikrofon wieder an seinen Platz und eilte von der Bühne, nicht zurück zum Tisch, wie er es erwartet hätte, sondern zur Seite und um die Ecke. Außer Sichtweite des immer noch applaudierenden Publikums.

Einen Moment lang fragte sich Glenn, ob sie dort etwas suchte oder ob es sich lediglich um die Gewohnheit jahrelanger Auftritte handelte, bei denen sie sich nach getaner Arbeit in die Umkleidekabinen zurückzogen. Was auch immer der Grund war, er würde sie nicht alleine lassen. Nicht noch einmal.

Als er ihr um die Ecke nach hinten folgte, entdeckte er den Pfeil über sich, der zu den Toiletten zeigte. Dort, am Ende des dunklen Flurs stand sie. An der Wand. Die Handflächen flach hinter ihr. Die Augen geschlossen. Ihr nach hinten geneigter Kopf ruhte sanft an der alten Kiefervertäfelung. Über ihr schien eine einzelne Lampe. Sie sah aus wie ein Engel. Wie eine Sängerin in der letzten Szene eines bald berühmten Films. Es mochten mehr als fünfundzwanzig Jahre vergangen sein, aber alles, was er sah, war die junge Frau, in die er sich Hals über Kopf verliebt hatte.

„Du warst großartig", flüsterte er praktisch, während er vorwärtsging.

Sie drehte sich zu ihm um und hob einen Mundwinkel zu einem schwachen Lächeln. „Danke."

„Sie lieben dich."

„Uns."

„Nein. Hätte ich nur ein Solo dieses Liedes gespielt, wäre die Reaktion nett und angenehm gewesen. Aber dich lieben sie."

Ihr Lächeln wurde etwas stärker. „Es war unglaublich."

„Du warst in deinem Element. Niemand würde vermuten, dass du seit Jahrzehnten nicht mehr auf einer professionellen Bühne gestanden bist."

„Danke für die Erinnerung", kicherte sie leise.

Er blieb vor ihr stehen, streckte die Hand aus, ergriff die ihre und hielt sie in beiden Händen. „Ich vermute, dass jeder Mann in diesem Raum jetzt ein bisschen in dich verliebt ist."

Endlich nahm sie den Kopf von der Wand und ihr Blick richtete sich auf seinen. „Ist es das, was bei uns passiert ist? War es das?" Sie deutete mit der freien

Hand zum gegenüberliegenden Ende des Gangs und zu den immer noch murmelnden Gästen. „War das alles, was wir hatten?"

Die Frage überraschte ihn. Er hatte nie daran gedacht, dass er nicht wahnsinnig und über allen Maßen in sie verliebt gewesen sein könnte. Selbst als er sich in Sally verliebt und sich ein Leben mit ihr aufgebaut hatte. Ein gutes. Er hätte nie gedacht, dass er und Eileen etwas anderes als zwei Menschen zur falschen Zeit am richtigen Ort gewesen sein könnten.

Jetzt waren sie hier. Die gleichen zwei Leute. Ein anderer Ort und eine ganz andere Zeit. Aber die Energie, das Blut, das durch seine Adern pochte, und die schöne Frau mit der goldenen Stimme und den durchdringenden blauen Augen waren real. Er näherte sich ihr einen weiteren halben Schritt und ignorierte den Anflug von Überraschung in ihren Augen. Er musste das tun, was ihm durch den Kopf ging, seit er sie an jenem ersten Abend am Tisch gesehen hatte, und sich nun immer weiter in den Vordergrund drängte. Er senkte den Kopf, fast geleitet von der Vertrautheit einer längst vergangenen Erinnerung, und seine Lippen berührte sanft die ihren. Er kam nach Hause.

Die Bühne. Das Singen. Das gedämpfte Licht. Die so vertraute Musik. Die Energie. Das Adrenalin. All das hatte Eileen zittern lassen. Seit Tagen schwappten vergessene Erinnerungen und Empfindungen über ihr herein. Heute Abend war dort draußen alles zurückgekehrt. Jede Sekunde all dieser Jahre. Damals war sie nicht hier in Tuckers Bluff gewesen, sondern in New York, Philly, Tucson oder Miami. So viele Jahre waren vergangen. Dann, im natürlichen Hochgefühl des

Applauses, fiel ihr Blick auf Sean, Finn und Ethan, die am Tisch saßen.

Im nächsten Augenblick gingen ihr die nächsten fünfundzwanzig Jahre durch den Kopf. Sie brauchte eine Minute. Luft. Vielleicht ein Getränk.

Im Nebel des trüben Lichts erschien Glenn. Groß, gutaussehend, talentiert, immer noch sexy. Ein paar Worte zogen an ihr vorbei. Wie eine Glühbirne in einem Comic ging ihr ein Licht auf, als sie die Erinnerungen und Gefühle, die in ihrem Kopf umherschwirrten, verstand. Dann beugte sich der Geist ihrer Vergangenheit vor und berührte ihre Lippen mit seinen. Langsam, stetig, sanft und fürsorglich.

Er küsste sie. Sie sollte sich bewegen. Ihre Arme heben. Ihren Kopf neigen. Irgendetwas tun. Es war so lange her, dass sie von einem Mann geküsst worden war, der nicht blutsverwandt war und es nur auf ihre Wange abgesehen hatte. Aber ihr Instinkt übernahm nicht die Führung. Ihre Gedanken drehten sich weiterhin um die Gefühle, die an die Oberfläche strömten. Und einer drängte sich in den Vordergrund – sie würde jetzt lieber mit Sean tanzen.

Sean? Dieser Gedanke ließ ihren Kopf wie ein gerissenes Gummiband zurückzucken.

Mit einem Arm über ihrer Schulter, die Handfläche gegen die Wand gelehnt, um das Gleichgewicht zu halten, starrte Glenn sie mit zusammengekniffenen Augen an. Stiefelabsätze klackerten auf dem alten Holzboden, und Glenn stolperte zur gegenüberliegenden Wand zurück.

Die Augen geradeaus gerichtet gab Eileen ihr Bestes, die Gedanken zu lesen, die sich hinter dem stürmischen Blick verbargen. Sean und die Jungs konnte sie mit der gleichen Leichtigkeit lesen, wie die Worte in einer Zeitung, aber sie hatte keine Ahnung, ob die Gedanken des Mannes ihr gegenüber gut, schlecht oder nichts davon waren.

Plötzlich kam Sean auf halbem Weg zwischen ihr und Glenn zum Stehen. Sein Blick überflog die Situation. Seine zusammengebissenen Zähne ließen die Muskeln in seinem Kiefer zucken, bevor er sich räusperte. „Ich dachte, ich schaue nach, ob alles in Ordnung ist."

Viele Antworten prasselten Eileen auf herein, aber *in Ordnung* war definitiv keine davon.

„Wow." Fancy wandte sich an Garrett. „Einfach wow."

„Ich dachte, dass sie beim letzten Mal, als wir sie hörten, schon einen Volltreffer gelandet hat. Das hier war wie Robin Hood, der den Pfeil seines Gegners in der Mitte gespalten hat."

Joanna kicherte. „Vielleicht hast du deine Berufung als Schriftsteller verpasst."

„Zählt Songwriter auch?", fragte Garrett.

„Absolut", bestätigte Joanna.

„Also", Fancy blickte in den Gang, in dem Eileen verschwunden war und in den Ethans Vater gefolgt war, „ich kenne die Familie noch nicht sehr lange, aber sollte nicht jemand nachsehen, was dort hinten los ist?"

Finn schüttelte den Kopf. „Nein. Sie alle sind erwachsen. Es ist an der Zeit, dass sie das selbst ergründen."

„Das?", fragte Ethan. „Ich weiß, ich war ein wenig beschäftigt, aber was genau ist *das*?"

Finn zuckte mit den Schultern.

„Manchmal reicht es nicht aus, erwachsen zu sein." Fancy streckte ihre Hand nach der Hand ihrer Schwester aus. Sie war in Tuckers Bluff angekommen, erfüllt von großen Hoffnungen, Zweifeln und mehr

Angst, als sie zu bewältigen vermochte. Sie hätte erkennen müssen, dass ihre kleine Schwester schlau genug sein würde, alles in Ordnung zu bringen und Fancy erkennen zu lassen, dass die Dinge genau so waren, wie sie sein sollten. Mama Fancy gefiel ihr ganz gut. „Hin und wieder brauchen wir unsere Familie, die uns in den Hintern tritt."

„Nun, ich hätte ihn nicht härter treten können, wenn ich Stiefel mit Stahlkappen getragen hätte."

„Was hast du gemacht?" Ethan blickte Finn stirn-runzelnd an.

Finn zuckte erneut mit den Schultern. „Nicht viel. Ich habe Dad nur gesagt, dass er es, wenn es ihm nicht gefällt, dass Glenn sich an Tante Eileen ranschmeißt, vielleicht selbst tun sollte."

„Was?" Ethan hätte fast sein Bier ausgespuckt.

„Oh, steck deine Augen wieder in deinen Kopf. Ihr habt sie alle genauso lange in Aktion gesehen wie ich. Bis jetzt war es nicht unsere Aufgabe, etwas zu sagen."

„Ich bin mir nicht sicher, ob jetzt der richtige Zeitpunkt dafür ist", murmelte Ethan.

Ein Stuhl in der Nähe kratzte über den Boden und Fancy drehte sich um und sah, wie D.J. ihn umdrehte, sich an den Tisch setzte und dann ein Stück Papier auf den Tisch warf. „Der Bericht ist da."

„Und?", wiederholten die beiden Brüder.

„Der Typ ist so sauber, dass ich mit ihm meine Fenster putzen könnte."

Allison und Joanna lehnten sich in ihren Stühlen zurück, und beide Frauen verschränkten die Arme und grinsten unverblümt.

„Schaut mich nicht so an." D.J. ließ seine Handge-lenke über die Stuhllehne hängen. „Wir durften kein Risiko eingehen."

Allison atmete schwer aus, breitete ihre Arme aus und beugte sich vor. „Manchmal denke ich, dass ihr euch zu viele Verschwörungsfilme anseht. Aber was getan wurde, ist getan. Was werdet ihr jetzt machen?"

D.J. zuckte mit den Achseln. Ethan fummelte an der Ecke des Etiketts seiner Bierflasche herum. Aber es war der jüngere Bruder, der lächelte und den Hals seiner Bierflasche in Richtung seiner Brüder neigte. „Ich habe es euch gesagt. Jetzt liegt es an Dad."

KAPITEL NEUNZEHN

Die Luft in dem schmalen Gang fühlte sich dicker an als nach einem Sommergewitter. Der Gentleman in Sean sagte ihm, er solle der Lady und ihren Begleiter ihren Freiraum lassen. Der Mann in Sean wollte sehen, wie viele von Glenns Zähnen er mit einem einzigen rechten Haken ausschlagen konnte.

„Ich denke", Glenn rutschte leicht zur Seite, näher an Sean heran, „ich sollte zurück zum Tisch gehen." Sein Blick wanderte zu Sean und dann zurück zu Eileen. „Du bist in guten Händen." Er drehte sich um, nickte Sean kurz zu und ging weg.

Sean trat näher, legte seine Finger sanft auf ihrem Arm und wiederholte: „Bist du in Ordnung?"

„Ich weiß nicht." Sie löste sich von der Wand, blickte ihn an und legte eine Hand flach auf seine Brust. „Ich weiß es ehrlich gesagt nicht."

Die Hitze ihrer Fingerspitzen drang durch sein Hemd, in seine Brust und brannte in seinem Herzen. „Eileen –"

Sie legte ihren Finger an seine Lippen und schüttelte den Kopf. „Würdest du etwas für mich tun?"

Er nickte.

„Und versprich mir, es mir nicht vorzuwerfen?"

Ein Funke Angst fuhr durch ihn, aber was auch immer sie von ihm wollte, sei es die Freiheit, um die Welt zu bereisen und die Massen zu unterhalten, oder seinen Segen, zu dem Mann zurückzukehren, den sie beinahe geheiratet hätte, für sie würde er alles tun. Den Finger immer noch auf seinen Lippen, bewegte er den Kopf.

Ihr Finger rutschte weg. „Küss mich, als wäre es dir ernst.“

Sein Kopf neigte sich nach vorn, seine Augen waren auf Höhe der ihren. Wenn er das alles träumte, hoffte er, dass er nie mehr aufwachen würde. Er ließ sich Zeit und ignorierte das Bedürfnis, sie als die seine zu brandmarken. Langsam legte er einen Arm um ihre Taille, zog sie so nah an sich, dass sie wahrscheinlich spüren konnte, wie sein Herz gegen seinen Brustkorb hämmerte, und erlaubte seinen Lippen, die ihren zu berühren.

Die Welt um ihn herum verließ ihre Umlaufbahn. Die Geräusche der Außenwelt wurden zum Summen zweier im Takt schlagender Herzen. Hitze flackerte auf. Er wollte nie mehr aufhören. Alles an diesem Moment fühlte sich so vollkommen richtig an.

In der Ferne räusperte sich jemand. Eileens Finger zeichnete träge einen Kreis auf seinen Halsansatz und er zog sie noch näher an sich.

Lauter und gezwungener räusperte sich ein weiterer Mann, gefolgt von einem weiblichen Husten. Tief in seinem Hinterkopf ertönten Warnsignale.

Gelächter übertönte alle anderen Geräusche, gefolgt von Finns vertrauter Stimme, die murmelte: „Ich habe euch doch gesagt, dass Dad das schafft.“

„Aber …“, murmelte Ethan, gefolgt von D.J.s „Laus mich der Affe“ und Connors „Wurde auch Zeit.“

Sie befanden sich an einem öffentlichen Ort. Und nichts von dem, was Sean als nächstes tun wollte, war für öffentliche Zurschaustellung gedacht.

„Okay, Jungs, gebt ihnen etwas Privatsphäre“, drang Allisons Stimme durch den Gang.

„Wie mein Mann gesagt hat“, Joanna gesellte sich

zu ihrer Schwägerin, „Dad schafft das. Er braucht keine Cheerleader-Truppe.“

Gott segne seine Schwiegertöchter.

Er ließ seine Stirn auf der von Eileen ruhen, unfähig, sie loszulassen. „War es das, was du wolltest?“

„Mm“, murmelte sie und öffnete langsam die Augen, um ihn anzusehen. „Könnten wir das, ähm, noch einmal wiederholen?“

Sein Herz machte einen Salto. „Ich würde gerne ja sagen, aber ich denke, wir müssen Jamison seinen Gang zurückgeben.“

Eileen drehte ihren Kopf zum anderen Ende des Gangs und unterdrückte ein Lächeln, als sie sah, wie Allison und Joanna ihre murmelnden Neffen zum Tisch führten. „Das werden wir uns ewig anhören müssen.“

„Das stimmt.“ Er konnte sich ein Lächeln nicht verkneifen. „Wollen wir das wirklich tun?“

Ihr Kopf bewegte sich. „Ich würde es auf jeden Fall gerne versuchen.“

Einen Moment lang war er sich nicht sicher, was sie genau ausprobieren wollte. Das zwischen ihnen oder das Singen oder beides. Nicht, dass es wichtig wäre. Selbst wenn sie in Timbuktu würde singen wollen, wäre er sofort dabei, um sie anzufeuern. „Wirst du wieder singen?“

Immer noch von seiner Hitze umgeben, nickte sie.

Das hatte er erwartet. Aber das war in Ordnung. Solange es eine Chance für sie gab.

„Ich möchte die Reunion-Show machen.“

Er wartete angespannt auf eine Hiobsbotschaft.

„Aber das ist alles, was ich will.“

Da er es nicht ganz verstand, lehnte er sich ein wenig zurück, um ihr in die Augen zu blicken.

„Ich bin nicht mehr diese Person. Ich liebe jetzt dieses Leben. Die Ranch, die Kinder, ihre Frauen, die nächste Generation, sogar die störrischen Kühe.“ Sie kicherte einen Moment lang, dann richtete sie ihren Rücken auf und holte noch einmal Luft, wodurch sich ihre Brust hob und senkte und er beinahe seine Zunge verschluckte. „Und, ich denke, du."

Oh Gott, wie sehr sie sich wünschte, ihr Herz würde aufhören, wie ein wütender Widder gegen ihre Rippen zu schlagen. Sie wartete. Sie war dem nachgegangen, was sie wirklich wollte, hatte ihr Herz aufs Spiel gesetzt, und zweifelte nun daran, ob sie noch einmal durchatmen konnte, ohne dass ihr Herz dabei schmerzte.

„Eileen." Sean blinzelte, schaute nach links, den Flur entlang und dann zurück. „Ich zweifle nicht."

Ihr Atem blieb ihr im Hals stecken.

„Ich weiß, dass ich dich liebe." Er schluckte schwer. „Wie lange du auch brauchst. Wann immer du willst. Ich bin bereit, daran zu arbeiten, bis auch du dir sicher bist."

Eileen hätte fast laut gelacht. „Glaubst du nicht, dass mehr als fünfundzwanzig Jahre lang genug waren?"

Seans Brauen senkten sich zu einem verwirrten V und er legte den Kopf zur Seite. „Was willst du damit sagen?"

„Das ist eine große Veränderung in so kurze Zeit."

Diesmal zuckten seine Wangen vor Belustigung. „Du meinst mehr als fünfundzwanzig Jahre kurz?"

„Ich meine diese Woche. Mir wurden die Augen geöffnet. Ich möchte uns ein wenig – und ich meine wenig – Zeit geben, um sicherzugehen, dass wir nicht beide den Verstand verloren haben."

„Damit kann ich arbeiten." Er lächelte sie an.

Zeigte das strahlende Lächeln, das alle seine Söhne von ihm geerbt hatten. „Wie wenig?"

„Nicht sehr viel." Sie grinste ihn an. „Ich würde sagen, lass uns dem Rest der Familie lieber noch nichts davon erzählen, auch wenn ich vermute, dass es mittlerweile jeder von ihnen weiß."

Tief in Seans Brust brach schallendes Gelächter aus. „Mein Schatz, ich glaube, sie wussten es schon lange bevor wir es wussten."

Schatz. Ihre Gedanken spielten mit dem Kosenamen. Sie mochte ihn. Ja. Das Leben würde jetzt noch viel wertvoller werden.

Obwohl Eileen und Sean sich im Gang geküsst hatten, als wären sie die einzigen beiden Personen im Pub gewesen, kehrten sie nebeneinander, aber leicht getrennt, zum Tisch zurück, so wie sie es auch an jedem anderen Tag der Woche tun würden. Und wie an jedem anderen Tag der Woche hielt Sean ihr den Stuhl hin und ging zur Bar, um ihr ein frisches Getränk zu bestellen. Wenn man sich so gut kannte, würde das die Dinge in vielerlei Hinsicht viel einfacher, aber möglicherweise auch viel schwieriger machen. Sie wollte das alles richtig machen. Ohne zum Klatschgespräch der ganzen Stadt zu werden.

Die Band stimmte eine vertraute Melodie an und alle, bis auf Sean, der immer noch an der Bar saß, und Rick, der sich am anderen Ende des Tisches mit ein paar Ladies am Nebentisch unterhielt, waren zum Tanzen gegangen, wodurch sie und Glenn alleine zurückblieben.

Sein „Ich, ähm …" überschlug sich mit ihrem „Ähm, wegen …"

„Du zuerst", fingen beide an und lächelten dann.

„Ich entschuldige mich dafür, dass ich dich vorhin geküsst habe." Glenn warf einen flüchtigen Blick zur Tanzfläche. „Ich gebe zu, dass es in den letzten Tagen Spaß gemacht hat, mit dir zusammen zu sein. Gemeinsamkeiten wiederzuentdecken." Er seufzte. „Ich schätze, ich habe mich ein wenig hinreißen lassen, weil ich das Gefühl, wieder lebendig zu sein, mit dem Gefühl, wieder –"

„Wieder verliebt zu sein, verwechselt hast?", fragte sie.

Er nickte.

„Es war, als würdest du deine Schwester küssen, nicht wahr?" Sie unterdrückte ein Lächeln. So überrascht sie auch gewesen war, sie war aufmerksam genug gewesen, um den Unterschied zwischen seiner Reaktion auf ihren Kuss und der von Sean zu erkennen. Glenn hatte keine wirkliche Reaktion gezeigt.

Hitze stieg in seinen Wangen auf und er nickte erneut. „Das hatte ich nicht kommen sehen."

„Also Freunde?" Sie streckte ihm die Hand entgegen.

„Freunde." Glenn nahm ihre Hand und schüttelte sie einmal kräftig. „Wirst du die Show machen?"

Es würde Spaß machen, dies für eine einzige Aufführung ein letztes Mal zu tun. „Absolut. Wirst du noch etwas länger hierbleiben?"

„Nein." Er lächelte sie an. „Ich möchte wieder nach Hause. Meine Töchter sehen. Beginnen, die letzten Details für die Show zu planen. Außerdem wartet in meinem Sommerhaus am See ein alter Kauz, mit dem ich noch ein paar Runden Karten spielen muss."

„Hört sich gut an."

„Ja. Ja tut es. Danke."

Ihr Blick wanderte zu Sean, der mit zwei Drinks in der Hand zum Tisch kam, und dann zurück zu Glenn.

„Nein." Sie tätschelte seine Hand. „Danke dir."

Sean nahm Platz und Glenn stieß sich vom Tisch ab. „Wenn ihr mich entschuldigen würdet, ich habe eine Show, an der noch einige Details ausgearbeitet werden müssen. Danke, dass ihr mir das Auto gebracht habt."

„Kein Problem", antwortete Eileen.

„Überhaupt keine", stimmte Sean zu.

„Nun gut, dann." Glenn winkte zum Abschied, klopfte Rick auf dem Weg nach draußen auf die Schulter, und marschierte genauso schnell, wie er in ihr Leben zurückgekehrt war, hinaus.

„Das hat Spaß gemacht." Fancy trank einen großen Schluck Wasser, bevor sie sich auf ihren Stuhl fallen ließ. „Normalerweise bin ich die Person auf der Bühne, und nicht die, die tanzt."

„Das kenne ich nur zu gut", entgegnete Eileen lachend.

„Wenn du mich kurz entschuldigen würdest, ich gehe auf die Damentoilette."

Garrett stand auf, sah zu, wie Fancy zwischen den Tischen verschwand, und nahm dann wieder seinen Platz neben Eileen ein.

Sie lehnte sich von Sean weg, der jetzt mit Rick über die Vor- und Nachteile der Sommer- und Herbstkalbung sprach, obwohl sie keine Ahnung hatte, warum Rick, ein Musiker, sich dafür interessieren könnte. Dann wandte sie sich an Garrett. „Ich bin in dem Alter, in dem ich ungestraft sagen kann, was ich will."

Garrett lächelte. „Du scheinst mir eine Frau zu sein, die schon von der Wiege an mit allem durchgekommen ist, was sie wollte. Was noch nicht so lange her sein kann."

„Oh", sie grinste, „ein Charmeur."

Er schüttelte den Kopf und spielte an einer Cocktailserviette herum. „Nicht wirklich."

„Weiß sie es?"

Seine Augen schossen von der Ablenkung auf dem Tisch zu ihren hinauf.

„Dass du in sie verliebt bist?" Als wüsste er nicht, wovon sie sprach.

Er schüttelte den Kopf. „Nein, so ist es nicht ..." Sein Blick fiel wieder auf den Tisch und er seufzte. „Nein. Das tut sie nicht." Er richtete seine Aufmerksamkeit auf Eileen. „Sie ist nicht bereit. Noch nicht."

Eileen betrachtete den netten Mann vor ihr und die hübsche junge Frau, die auf dem Weg zu den Toiletten war. „Sie wird es sein. Wahrscheinlich früher als du denkst."

Er schenkte ihr ein halbherziges Lächeln. „Ich werde hier sein, wenn sie es ist."

„Ein Ratschlag", sagte sie.

Garrett nickte ihr zu.

„Warte keine fünfundzwanzig Jahre."

So sehr Sean auch mit Eileen tanzen wollte, er wusste, dass der Klatsch schnell überhandnehmen würde, bevor sie selbst die Chance hätten, sich an ihre neue Normalität zu gewöhnen. Also schob er stattdessen seine Hand unter den Tisch und sprang vor Freude fast auf, als sie sie nahm und drückte.

Er wäre ein Idiot, wenn er nicht glauben würde, dass niemand hier bemerkt hätte, dass er sie wie ein verliebter Teenager beobachtete. Doch sie verdienten ein wenig Privatsphäre, weswegen er vorerst den Status quo in der Öffentlichkeit aufrechterhalten musste.

„Dieses Pub wird ein echter Hotspot werden." Auf dem Rücksitz des Trucks legte Finn seinen Arm um seine schöne Frau. „Wir hätten schon vor Jahren einen Pub eröffnen sollen."

„Die Stadt war damals noch nicht bereit dafür." Sean behielt beide Hände am Lenkrad.

„Das ist sie jetzt ganz sicher", fügte Joanna hinzu.

„Es wird toll werden." Eileen blickte über ihre Schulter zu den beiden auf dem Rücksitz. „Und ich für meinen Teil freue mich, einen Ort zu haben, an dem ich nach einem langen Tag anstrengender Rancharbeit entspannen kann."

„Nun", Sean warf ihr einen Blick zu, „das wirst du für eine Weile nicht noch einmal tun müssen. Luke wird morgen vorbeikommen, um sein Vieh einzuladen, und wir werden die Zäune in kürzester Zeit wieder aufgestellt haben."

„Ja", stimmte Finn zu. „Bei Connor ist alles gesichert. Er und D.J. werden gleich morgen früh vorbeikommen, um an der Zaunlinie mitzuhelfen."

„Weiß jemand, wie lange Fancy und ihre Freunde noch in der Stadt bleiben werden?", fragte Joanna.

„Ja." Eileen rutschte auf ihrem Sitz zur Seite, um Joanna und Finn besser sehen zu können. „Ich habe ein bisschen mit Allison geplaudert und sie haben einen Plan ausgearbeitet. Nicht viel anders als das, was sie und Ethan beschlossen hatten. Sie hatten Fancy immer *Mama Fancy* genannt und Brittany Bilder von ihr gezeigt. Sie wollten nicht, dass sie vergisst, wer ihre wahre Mutter ist. Jetzt, wo Fancy auf einem guten Weg ist, wird sie Tuckers Bluff besuchen, wann immer es ihre Freizeit zulässt."

„Aber wird Allison für Brittany mehr wie eine richtige Mutter sein als Fancy?"

Sean blickte Eileen an und sah den vorübergehenden Schmerz in ihren Augen. „Nicht *mehr*. Fancy wird immer ihre Mutter sein. Allison wird einfach den Vollzeitjob haben."

Joanna lehnte sich zurück und wirkte verwirrter als vor ihrer Frage, aber Sean wusste, was Eileen meinte. Die gesamte Beziehung würde anders sein, denn im Gegensatz zu Helen, die nicht zurückkehren konnte, um ihre Kinder zu besuchen, hatte Fancy Entscheidungen getroffen, die letztendlich nur aus Liebe zu ihrem kleinen Mädchen entstanden waren. Einem kleinen Mädchen, zu dem sie zurückkommen und mit dem sie Zeit verbringen konnte.

Joanna lehnte sich wieder an ihren Mann. „Ich denke, da all die Promis wieder nach Hause gehen, sollte sich hier bald alles wieder normalisieren."

„Ja", stimmte Sean zu. Alles würde wieder normal werden. Bis auf eine sehr wichtige Sache. Er und Eileen waren bereits ein großartiges Team und wollten noch besser werden.

Sean bog am Eingangstor zur Ranch auf das Grundstück ab.

„Gott", gähnte Finn, „ich könnte eine Woche lang schlafen."

„Was ist das?" Eileen zeigte geradeaus.

Die Scheinwerfer des Trucks erhellten die Auffahrt und ließen schattenhafte Bewegungen erkennen. Sean konnte nicht genau sehen, was vor ihm lag. „Nicht sicher."

Je näher das Haus kam, desto besser konnten sie die nächtlichen Besucher durch die Verandabeleuchtung in Kombination mit den Scheinwerfern sehen. „Nun, laus mich der Affe."

Sean fuhr an die Seite des Hauses und sprang als erster aus dem Auto.

Bevor er Eileens Tür erreichen konnte, stieg sie aus dem Lastwagen und raste mit voller Geschwindigkeit auf die beiden Gäste zu, die geduldig auf der Veranda warteten. „Was macht ihr zwei hier?"

Gray winkte ihr mit einer Pfote zu und bellte. Als

ob sie zustimmen würde, senkte Mrs. Gray den Kopf und bellte ebenfalls.

Finn lachte. „Ich hätte es wissen müssen." Er blieb stehen, um die beiden Hunde hinter den Ohren zu streicheln, bevor er seinen Arm um seine Frau legte, den Kopf schüttelte und sich verabschiedete. „Das könnt ihr herausfinden. Wir hauen uns aufs Ohr."

Sean war in die Hocke gegangen und hielt Grays Kopf mit einer Hand, während er ihn mit der anderen unterm Kinn kraulte. „Wusstest du das schon die ganze Zeit?"

Gray hob seinen Kopf und senkte ihn dann wieder. Dann stand er auf und trat einen Schritt zurück. Mrs. Gray stellte sich neben ihn. Beide bellten einmal und rannten dann um sie herum zur Rückseite des Hauses.

„Denkst du, das war ein Ja?" Sean folgte ihnen mit Eileen.

Die Hunde waren am Haus vorbei, um die Zwinger herum und in die Scheune gehuscht. In der hinteren Ecke lagen zwei kleine Heuhaufen, ordentlich aufgehäuft. Gray rollte sich auf dem einen zusammen, seine Frau auf dem anderen.

„Okay, jetzt habe ich alles gesehen." Sean schlug seinen Hut gegen sein Bein.

Eileen trat neben ihn und schob ihren Arm unter seinen. „Glaubst du, das bedeutet, dass sie bleiben werden?"

„Ich habe keine Ahnung, aber sie wären eine große Bereicherung für die Ranch." Er drehte sich zu ihr um. „Weißt du, was das bedeutet?"

„Wie dumm von uns." Eileens Kopf neigte sich kurz in den Nacken und sie lachte. „Ich dachte, wir könnten selbst über unsere Zukunft entscheiden."

„Diese beiden hätten ihre Hintern schon vor einer Woche hier parken sollen. Hätte mir viel Kummer erspart."

„Kummer?"

Seine Hände glitten an ihren Armen entlang. „Du weißt, was man sagt. Allzu oft weiß ein Mensch erst dann, wie viel ihm etwas bedeutet, wenn er kurz davor ist, es zu verlieren."

„Oder es aufgeben muss." Eileen beugte sich vor, drückte ihre Lippen auf seine und rollte sich dann langsam auf ihren Fersen zurück.

„Ich schätze, das bedeutet, dass wir einander nicht loswerden." Er grinste.

Sie erwiderte sein Lächeln. „Sieht so aus."

Mit verschränkten Fingern warfen sie einen letzten Blick auf die beiden Hunde, die bereit für die Nacht waren, und ihre neuen Besitzer aufmerksam beobachteten. Die neue Normalität. Zwei erwachsene Hunde für die beiden erwachsenen Menschen. *Sie hätten es wissen müssen.*

EXCERPT:

VERLIEBT IN CHLOE

Es gab kaum etwas im Leben, was einen Sonnenaufgang in West-Texas übertreffen konnte. Durch die Mischung von Rot-, Orange-, Gelb- und Rosatönen entstand ein Kaleidoskop aus Farben, das selbst den müdesten Seelen neue Energie gab. Und heute Morgen war Officer Reed Taylor müde.

Die Weihnachtszeit war in vollem Gange, und so oft Weihnachten das Beste in den meisten Menschen weckte, so oft brachte es auch das Verrückte in anderen zum Vorschein. Die Nachtschicht des Tuckers Bluff Police Departments dauerte noch eine Stunde. Und nachdem er eine Bande jugendlicher Witzbolde, die fröhlich Kühe umschubsten, von einem Ende des Farraday-Grundstücks bis zur Nordseite des Grundstücks der Bradys gejagt hatte, fühlte er sich, als hätte seine Schicht Tage, nicht Stunden gedauert.

Reed konnte nur hoffen, dass die guten Leute von Tuckers Bluff von weiterem Unheil Abstand nehmen würden, bis D.J. an der Reihe wäre, sich darum zu kümmern. Er warf einen Blick auf das Armaturenbrett. In vierundfünfzig Minuten wäre er auf dem Heimweg und könnte schlafen, bis der verrückte, verpeilte Hahn seines neuen Nachbarn bei Sonnenuntergang krähte.

Dieser Gedanke brachte ihn zum Lächeln.

Es war eine gute Entscheidung gewesen, aufzuhören, zur Miete zu wohnen, und sich ein Eigenheim hier in Tuckers Bluff zu kaufen. Noch besser war es, sich ein Haus außerhalb der Stadtgrenzen ausgesucht zu haben. Das war nahe genug, um bei Bedarf schnell die Polizeistation zu erreichen, aber auch weit genug entfernt, dass die ruhigen Geräusche des Landlebens ihn wie ein Neugeborenes in den Armen seiner Mutter einschlafen ließen. Und wenn er ehrlich war, auch nahe genug am Farraday-Country, wo er des Öfteren zum wöchentlichen Sonntagsessen der Großfamilie eingeladen wurde. Das Marine Corps hatte ihn und D.J. zu Brüdern gemacht. Und Tante Eileen, Sean und die anderen Mitglieder des Clans hatten ihn in die Familie aufgenommen.

„Reed", Esthers Stimme ertönte durch das Rauschen des Funkgeräts, „bist du schon auf dem Weg zurück?"

„Ten-Four", bestätigte er.

„Ich habe gerade einen Anruf von Nadine Peabody erhalten. Sie sagt, dass in ihrem Garten ein Kojote ist, der ihre Katzen nervös macht."

Reed kicherte vor sich hin. Nadine Peabody war ein ganz besonderer Charakter. Dem Bedürfnis einer einsamen alten Frau nach ein wenig menschlichem Kontakt und Gespräch nachzukommen, war wesentlich einfacher als die Dinge, denen er möglicherweise hätte nachgehen müssen, wenn er und D.J. noch bei der Polizei von Dallas wären. „Auf dem Weg."

„Verstanden."

Die Fahrt zu Nadine würde etwa dreißig Minuten dauern. Das Schwierige würde darin bestehen, in weniger als zwanzig Minuten wieder von dort zu entkommen, um rechtzeitig seine Schicht zu beenden. Sein Handy summte und er fragte sich, wer um diese

Uhrzeit anrief. „Hallo.“

„Hey, Mann. Bist du irgendwo in der Nähe der Ranch?“, fragte D.J..

„Sorry. Bin schon daran vorbei. Was ist los?“

„Nicht viel. Jamison braucht Tante Eileens riesigen Corned-Beef-Topf und ich dachte, wenn ich dich erwische, spare ich mir die Fahrt.“

„Ich kann umdrehen, wenn du willst. Das Einzige, was noch aussteht, sind Nadine Peabody und ein Kojote, der herumschleicht.“ Er konnte fast hören, wie D.J. die Augen verdrehte. Der Kojote war höchstwahrscheinlich nur ein weiteres Produkt der Fantasie der kreativen und leicht paranoiden Frau. Sie lebte praktisch in der Tierklinik seines Bruders Brooks. Wenn es so etwas wie Katzen-Hypochondrie gab, dann hatte Nadine diese Krankheit. Obwohl die ganze Stadt wusste, dass das meiste davon nur das Bedürfnis nach Gesellschaft war.

„Ich sage dir was. Du holst den Topf und ich kümmere mich um Nadine.“

„Klingt nach einem Plan.“ Die aufgehende Sonne wurde von einem großen grauen Hügel mitten auf der Straße reflektiert.

„Was zum Teufel?“ Als Reed langsamer wurde, waren die jetzt zwei grauen Buckel deutlicher zu erkennen.

„Was ist los?“ D.J.s Stimme wurde besorgt leiser.

„Nicht sicher.“ Sein erster Gedanke wäre gewesen, dass Nadines Kojoten nach Westen getürmt waren, aber die beiden Straßensperren vor ihm waren für Kojoten etwas zu groß. Wahrscheinlicher war … „Sieht so aus, als ob Gray und seine Freundin einen Spaziergang machen.“

„Wie weit, sagtest du, bist du von der Ranch entfernt?“

„Vier, vielleicht fünf Meilen.“

„Seltsam“, murmelte D.J.. „Seit dem Tornado bleiben die beiden immer nahe bei Dad und Tante Eileen.“

„Nun, im Moment machen sie eine Besichtigungstour der Straße.“

„Besichtigung?“

„Sie stehen einfach da und starren mich an, als hätten sie die Auferstehung Christi gesehen.“ Da die Sonne höher am Himmel stand, schaltete er die Scheinwerfer aus und blieb nur wenige Meter von den Hundestatuen entfernt stehen.

„Bist du sicher, dass es unsere Hunde sind? Die Hunde?“ Die Ungläubigkeit in D.J.s Tonfall war nicht zu überhören. Dieser Kerl hatte Reed ein oder zwei Mal sein Leben anvertraut, aber jetzt glaubte D.J. offensichtlich, dass er sein Augenlicht verloren hatte.

„Ich sage dir … warte.“ Fast so, als wären sie überzeugt, dass sie Blickkontakt hergestellt hatten, wandten sich die beiden stillen Tiere von der Straße ab. „Sie sind in Bewegung.“

„Das klingt eher nach ihnen.“ Ein scharfes Geheul durchdrang die Stille des Landes. „Ist das Gray?“

„Es ist einer von ihnen.“ Die beiden waren auf der anderen Straßenseite stehengeblieben. Dieses Mal hob der andere Hund seine Schnauze in die Luft und stieß ein weiteres scharfes Heulen aus, bevor er sich umdrehte und erneut davonraste.

Kopfschüttelnd fuhr Reed langsam auf den Seitenstreifen und machte eine Wende, um zur Farraday-Ranch umzukehren. „Auf dem Weg zum Topf.“

Kaum war er auf der Gegenfahrbahn, tauchten die adoptierten Farraday-Hunde erneut vor ihm auf der Straße auf und stellten sich ihm wieder in den Weg. Wie zum Teufel hatten sie das gemacht? Ein weiteres Heulen. Ein eisiger Schauer huschte über seinen Rücken und sein Bauch sendete ein Alarmsignal aus.

Irgendetwas stimmte nicht, und tief in seinem Inneren wusste er, dass es nichts Gutes war. „Ich könnte schwören, sie erwarten von mir, dass ich ihnen folge."

D.J. zeigte keinerlei Anzeichen dafür, dass ihn das merkwürdige Verhalten beunruhigte, und kicherte ins Telefon. „Bei diesen beiden weiß man nie."

Er wünschte, er könnte das Verhalten der Hunde genauso amüsant finden wie D.J.. „Ich halte an und schaue mir genauer an, was los ist." Kaum hatte er einen Fuß aus der Tür gesetzt, rannten die Tiere bellend von ihm weg und auf eine graue Nebelschwade zu, die den ansonsten strahlenden und makellosen Himmel durchzog. „Meine Güte!"

„Was?" Aus D.J.s Stimme war jeglicher Humor verschwunden.

„Rauch."

„Wie schlimm?"

„Esther soll besser Alarm schlagen. Nördlich der Hauptstraße, fünf Meilen östlich der Ranch. Der Topf muss warten. Ich bin auf dem Weg."

„Ten-Four."

Reeds Magen sackte nach unten. In dieser Richtung gibt es nur zwei Möglichkeiten. Einer der Bradys, der seinen kleinen Wohnsitz zwischen der Farraday-Ranch und der Stadt hatte. Und Chloe. Verdammt. Die freiwillige Feuerwehr des Countys war sicher schon auf dem Weg, aber so weit außerhalb der Stadt lag es am Rancher – oder der Witwe –, den Brand bis zu deren Eintreffen unter Kontrolle zu halten.

Noch nie zuvor hatte er so inständig darum gebetet, dass der Rauch möglicherweise nur von einem katastrophalen Buschfeuer stammte. Chloe brauchte das nicht. Die Hunde waren auf der Weide verschwunden, aber das machte keinen Unterschied, sie hatten ihn auf das Feuer aufmerksam gemacht. Er griff nach seinem Handy und wählte die Nummer der Farradays.

Innerhalb von Sekunden war Tante Eileen am anderen Ende.

„Östlich von euch ist Rauch", sagte er hastig. „Wir könnten eure Wasserwagen gebrauchen."

„Osten. Die Bradys?"

Er war weit genug gefahren, um die Quelle auszumachen. „Nicht so weit."

„Chloe." Tante Eileens Worte trieften von der gleichen Besorgnis, die an seinen Nerven zerrte.

Das winzige Schindelhaus auf dem kleinen Grundstück mitten im Nirgendwo, war ein Schnäppchen für seinen Kumpel Pat gewesen. Sein kleines Stück Himmel. Verdammt.

„Ich werde Sean und Finn alarmieren. Und die Bradys. Wir sind gleich auf dem Weg."

Der Anruf wurde unterbrochen, bevor er antworten konnte. Er hätte Tante Eileen im Marine Corps gebrauchen können.

Als er die torlose unbefestigte Auffahrt vor ihm erreichte, gab es keinen Zweifel mehr. Die grauen Schwaden wurden plötzlich dunkel und dicht. Reeds Magen drehte sich erneut um. Er trat aufs Gaspedal und flog wie Wylie Coyote, der den Roadrunner jagte, über die Schlaglöcher. Allerdings konnte er es sich nicht leisten, dieses Rennen zu verlieren.

Was zum Teufel war das für ein Lärm? Chloe Landon öffnete ein Auge. Die Sonne schien kaum durch die Jalousien. Laut der Uhr an ihrem Bett blieb ihr noch mindestens eine Stunde, bis die Mädchen aufwachten. Mit ihren etwas über zwei Jahren hatte Sarah endlich gelernt, nicht mit den Hähnen aufzustehen. Nicht, dass sie Hähne hatte, aber heute Morgen hörte es sich an, als würde ein Schwarm dieser Wecker der Natur an ihrem Fenster kratzen.

Als sie die Decke zur Seite warf, durchbrach ein lautes Bellen die morgendliche Stille. Bevor ihr schlaftrunkenes Gehirn alle Möglichkeiten verarbeiten konnte oder ihre Füße den Boden berührten, erfüllte das Geräusch splitternden Glases die Luft.

„Was zum …“ Eine graue Kugel schoss auf sie zu. Die Angst stieg ihr in den Rücken. Ihr Arm fummelte bereits an der verschlossenen Schublade herum, wo sie die Waffe aufbewahrte, auf die Pat zu ihrem Schutz bestanden hatte. Nicht, dass ich erwarte, dass es hier Ärger gibt, hatte er gesagt, aber man kann sich nie ganz sicher sein.

Ein weiteres Bellen durchbohrte die Erinnerung und große, sehr scharfe und sehr spitze Zähne klammerten sich an den Ärmel der Hand, die immer noch an der verschlossenen Schublade herumfummelte. Ihr Herz sprang fast aus ihrer Brust, aber anstatt sie zum Frühstück zu verspeisen, zerrte das Tier sie aus dem Bett und auf den Boden.

„Chloe?“ Die ferne Stimme klang hektisch. „Chloe.“ Die Verzweiflung, die in der Stimme lag, war unverkennbar. Ebenso die Stimme selbst. Reed. Was zum Teufel machte er zu dieser Stunde in ihrem Haus?

Der Hund ließ ihren Arm los, rannte um sie herum und stieß sie von hinten an, sodass sie fast nach vorne stürzte. Eine andere Stimme, die Stimme eines weiteren Mannes, rief nach Reed. Ihr Mund öffnete sich, um zu schreien, doch stattdessen bellte der Hund, bevor er nach ihrem Nachthemd schnappte, um sie erneut nach vorne zu ziehen.

„Ihr Zimmer ist diesen Flur runter“, rief Reed. „Ich hole die Mädchen.“

Ihre Mädchen! Wie es schon ihr Mann getan hatte, so vertraute auch sie Reed ihr Leben an. Aber das alles ergab keinen Sinn. Sie manövrierte um den Hund herum, der fest entschlossen war, sie in die entgegengesetzte Richtung zu bewegen, und rannte zu ihrer Tür, als sich das störrische Tier gegen sie drückte und sie zu den Glasscherben schubste, die vor ihrem Schlafzimmerfenster verstreut lagen.

„Chloe." Sean Farraday stürmte durch ihre Tür. „Du musst hier raus. Schnell."

„Was ist los?" Sie schlug erneut auf den Hund ein und griff nach ihrem Rock. Erst als die starken Hände des Farraday-Patriarchen ihre Taille packten und er sie über seine Schulter warf, roch sie den Rauch, der hinter ihm in ihr Zimmer zog. Rauch. Ihre Mädchen! Sie drückte mit aller Kraft gegen seine steinharte Brust und schlug auf den Mann ein. „Lass mich runter! Die Mädchen sind oben."

Nie in ihrem Leben hätte sie gedacht, dass sie gegen einen so netten Mann wie Sean Farraday kämpfen müsste, der sie immer noch fest im Arm hielt und über das Glas sprintete.

„Reed macht das. Wir müssen dich rausbringen."

Worte und Luft kämpften in ihrer Kehle. „Emmie, Sarah", murmelte sie, als Sean sie mit dem Hintern voran aus dem Fenster und in wartende Arme schob.

Starke Arme umschlossen sie. „Je früher du aufhörst, mich zu treten, desto eher kann ich Reed mit den Mädchen helfen."

Es dauerte einen Moment, um zu begreifen, dass sie nun mit der gleichen Kraft gegen Finn Farraday kämpfte, mit der sie zuvor auf seinen Vater eingeschlagen hatte.

„Ist außer den Mädchen noch jemand drinnen?", fragte Finn.

Sie schüttelte den Kopf. Es kamen immer noch keine Worte. Sie musste wieder hinein. Nach oben. Zu ihren Mädchen!

„Die Treppe ist blockiert." Sean Farraday sprang praktisch aus dem Fenster und rannte, ohne seinen Schritt zu verlangsamen, um ihr Haus herum.

„Chloe, du musst mir versprechen, hier zu bleiben." Finn schien völlig hin- und hergerissen zu sein, ob er sie festhalten oder seinem Vater hinterherlaufen sollte. „Wir brauchen Wasser und ich kann nicht beides tun."

Ihr Blick wanderte zu dem riesigen Pickup mit dem riesigen Wassertank auf der Ladefläche, bevor sie den entscheidenden Fehler machte, nach oben zu schauen. Orangefarbene Flammen schossen durch das Dach. Ihr Haus – ihre Mädchen – standen in Flammen.

Als Reed das Innere von Chloes Haus erreichte, hatten die Flammen bereits das Wohnzimmer verschluckt und ihm wertvolle Zeit geraubt. Er konnte auf keinen Fall an zwei Enden des Hauses gleichzeitig sein, und er wollte sich auf keinen Fall zwischen der Rettung von Chloe oder der ihrer Töchter entscheiden. Noch nie war er so dankbar gewesen, Sean Farraday durch eine Tür stürmen zu sehen.

Zuversichtlich, dass Chloe beim Patriarchen der Farradays in Sicherheit sein würde, raste er die Treppe nach oben. Die Hitze in seinem Rücken war sengend und das Holtz unter seinen Füßen gab nach wie ein Schwamm. Er zog sein Hemd aus der Hose und bedeckte mit dem Saum seinen Mund. Er musste zu den Mädchen gelangen. Er musste sie retten. Er konnte nur hoffen, dass schnell weitere Hilfe auf dem Weg war, denn er zweifelte nicht daran, dass er die beiden Mädchen nicht auf dem gleichen Weg aus dem Haus schaffen konnte, durch den er hereingekommen war.

Je näher er dem anderen Ende des Flurs im zweiten Stock kam, desto schwieriger wurde es, vorwärtszukommen. Der Rauch war dick und schwarz geworden, und er tastete sich den Flur entlang, zählte die Türen und dankte Gott dafür, dass er noch keine Hitze brennender Flammen durch die Wände spürte. Obwohl er selten einen Grund gehabt hatte, nach oben zu gehen, erinnerte er sich daran, dass es im zweiten Stock vier Zimmer gab. Zwei Schlafzimmer, Chloes geliebtes Ankleidezimmer, wegen dem sie vor Freude fast in Ohnmacht gefallen wäre, als Pat ihr das Haus zum ersten Mal gezeigt hatte, und noch ein Badezimmer. Nur noch eine Tür.

Die Hitze von unten drang durch den Boden. Seine Füße hätten genauso gut brennen können. Vielleicht taten sie das auch. Keine Zeit zum Nachdenken. Adrenalin schoss durch seinen Körper. Er durfte Chloe nicht im Stich lassen.

Während der wenigen kurzen Schritte zur endlich letzten Tür machte sich Reed nicht die Mühe, nach Hitze zu fühlen. Was auch immer auf der anderen Seite war, dort waren auch Emmie und Sarah. Seine Handfläche brannte, als er den Knauf drehte, die Tür aufstieß und sie hinter sich zuschlug. Nichts. Er konnte überhaupt nichts sehen. Auf allen Vieren schrie er nach den Mädchen. Der dichte Rauch bracht ihn zum Husten. Nichts.

„Emmie!", würgte er heraus. Schweigen. Verdammt.

Das krachende Geräusch von zerbrechendem Glas zerschmetterte die Angst, die ihn zu überkommen drohte. Das musste seine Rettung sein. Wasser strömte herein. Hilfe war eingetroffen. Wenn sie wussten, welches Zimmer sie löschen sollten, dann musste Chloe ihnen gesagt haben, welches das Zimmer der Mädchen war. Chloe musste in Ordnung sein. Doch der

Moment der Erleichterung verging zu schnell, um ihn zu genießen. Die Mädchen.

Ohne das Wasser, das durch das Fenster strömte, hätte er nicht gewusst, wo im Raum er war. „Emmie!", rief er erneut. Diesmal glaubte er, ein leises Geräusch gehört zu haben. Er huschte zum Fenster und zu dem Einzelbett und tastete es mit den Händen ab. Leer. Es wäre wahrscheinlich zu viel zu hoffen, dass eine Fünf- und eine Zweijährige sich unter dem Bett versteckt hätten.

Noch ein Bett. Es gab ein weiteres Bett im Zimmer, aber es waren keine weiteren Geräusche zu hören.

„Reed!" Connor Farraday rief ihm vom Fenster aus zu. „Hast du die Mädchen?"

„Nein!"

„Verdammt", murmelte Connor. „Ich komme rein."

„Warte", rief Reed zurück. Sein Knie war auf einer harten Oberfläche aufgeschlagen. Das Fußteil des zweiten Bettes. Als er die gleiche Suchbewegung wie beim anderen Bett wiederholte, machte Reeds Herz einen Satz. Unter der Bettdecke lag ein riesiger Klumpen. Er betete zu Gott, dass darunter zwei kleine Mädchen saubere Luft atmeten. „Emmie!"

Eine leise Stimme drang aus einer Öffnung oben in den Laken. „Onkel Reed?"

Emmie. „Ja, Schatz. Ist Sarah bei dir?"

Er war sich nicht ganz sicher, aber er vertraute darauf, dass Emmie ihm gerade zugenickt hatte.

Der Rauch war so dicht, dass er kaum seine Hände vor dem eigenen Gesicht sehen konnte. Als er an Emmie zog, sie geschützt von der Decke über seine Schulter legte, spürte er ein Ziehen neben ihr. „Ja! Hier drüben!", rief er Connor zu.

Der Raum war kaum groß genug für zwei Betten und eine Kommode, aber seine Stimme war das Einzige, was Connor den Weg weisen konnte.

„Die Jungs geben ihr Bestes", Connor streckte die Arme aus, „aber wir müssen uns beeilen. Das Holz gibt nach."

Reed reichte seinem Freund das ältere der beiden Mädchen, nickte und zog dann Sarah eng an sich. Eine einzelne dünne Decke bedeckte sie. Der einzige Schutz, den er für das kleine Kind hatte. Das Fenster war nur noch einen Schritt entfernt. Connors Kopf verschwand auf der gegenüberliegenden Seite des fehlenden Glases und der Schraubstock, der sein Herz zusammendrückte, lockerte seinen Griff ein wenig nach. Noch ein paar Augenblicke und beide von Chloes Mädchen wären in Sicherheit. Der Lärm der Aufregung draußen drang zu ihm hinauf. Chloes Stimme schrie verzweifelt nach ihrem Kind, als Connor mit Emmie den Boden erreichte.

Unter seinen Füßen knarzten die Dielen, ein Brüllen drang an seine Ohren und er wusste es. Die Zeit war gerade abgelaufen. Der darauffolgende Knall sprengte die Tür aus den Angeln und die verzehrenden Flammen brachen ins Innere und jagten sie wie Höllenhunde. Der Himmel möge ihm beistehen. Er hatte keine Wahl. Als er den letzten Schritt vorwärts tat, brachte er nur noch ein Wort heraus. „Fang!"

ÜBER CHRIS KENISTON

Chris Keniston ist Autorin von vierzig zeitgenössischen Romanen und lebt mit ihrem Mann, zwei menschlichen Kindern und zwei Hundekindern in einem Vorort von Dallas. Obwohl sie beide Hunde gleichermaßen liebt, gibt sie zu, eine ganz besondere Bindung zu ihrem Deutschen Schäferhund aus dem Tierheim zu haben. Schließlich verdienen auch Hunde ein Happy End.

Auf www.chriskeniston.com erfahren Sie mehr über Chris Keniston und ihre Bücher.

Folgen Sie Chris Keniston auf Facebook unter dem Namen ChrisKenistonAuthor und auf Twitter unter dem Namen @ckenistonauthor.

MEHR BÜCHER

VON CHRIS KENISTON

Weitere Bücher der Farraday-Country-Reihe:

Adams geheimnisvolle Braut
Brooks' verbotene Sehnsucht
Connors Herzenswunsch
Declans überraschende Begegnung
Ethans Himmel auf Erden
Finns zweite Chance
Graces trautes Heim
Hannahs edler Ritter
Ians Gefühlschaos
Jamisons köstliche Versuchung
Kampf um Eileen
Verliebt in Chloe

www.ingramcontent.com/pod-product-compliance
Lightning Source LLC
Chambersburg PA
CBHW020033310726
48970CB00007B/2241